홍계월전

운명을 뛰어넘고 나라를 구하다

스푼북은 마음부른 책을 만듭니다. 맛있게 읽자, 스푼북!

홍계월전
운명을 뛰어넘고 나라를 구하다

초판 1쇄 발행 2021년 4월 12일

작자 미상 | 김을호 옮김

ⓒ 김을호 2021
ISBN 979-11-6581-087-0 (43810)

발행처 주식회사 스푼북

발행인 박상희 | **총괄** 김남원 | **편집** 박지연 · 김선영 · 박양인

디자인 지현정 · 김광휘 | **마케팅** 손준연 · 한승혜

출판신고 2016년 11월 15일 제2017-000267호

주소 (03993) 서울시 마포구 월드컵북로 6길 88-7 ky21빌딩 2층

전화 02-6357-0050(편집) 02-6357-0051(마케팅)

팩스 02-6357-0052 | **전자우편** book@spoonbook.co.kr

홍계월전

운명을 뛰어넘고 나라를 구하다

작자 미상 ㅡ 김을호 옮김

스푼북

명나라 때 형주 구계촌에 한 사람이 있었는데, 성은 홍이요 이름은 무라. 홍무는 이름난 집안의 후예로, 어린 나이에 과거에 급제하여 벼슬이 이부 시랑(吏部侍郞)[1]에 이르렀다. 시랑의 성품이 강직하고 충성심이 깊어서 천자의 사랑을 받아 자주 나랏일을 의논하니, 뭇 벼슬아치들이 이를 시기하여 모함하므로 마침내 벼슬자리에서 쫓겨나 고향에 돌아와 농사를 짓게 되었다. 농업에 힘써 점점 집안은 부유해졌으나 슬하에 자식이 없어 매일 설워하더라.

하루는 시랑이 부인 양씨와 더불어 탄식하여 말하기를,

"우리가 나이 40에 자식이 없으니, 죽은 뒤 제사는 어찌하고 지하에 돌아가서는 조상을 어찌 뵈오리오?"

부인이 앉은 자리를 물리쳐 내려 앉으며 말하기를,

"온갖 불효 중에서도 으뜸은 자식이 없는 것이라 했습니다. 그런데 첩이 이 가문에 들어온 지 벌써 20여 년이 지났음에도 아직 자식이 없으니 무슨 면목으로 상공을 뵈오리까. 엎드려 바라옵건대 상공께서 다른 가문의 어진 숙녀를 얻어 후손을

---

1 이부 시랑 문관의 인사와 공훈을 맡아보는 이부의 버금 벼슬.

보시면 저도 칠거지악(七去之惡)을 면할까 하나이다."

시랑이 위로하여 말했다.

"이는 다 나의 팔자지 어찌 부인의 죄라 하겠소. 다시는 그런 말씀을 마오."

이때는 추구월 망간²이라. 부인이 시비를 데리고 망월루에 올라 달빛을 구경하는데 갑자기 몸이 노곤하여, 난간에 기대어 잠깐 졸았다. 그런데 꿈인지 생시인지 아련한 가운데 하늘 문이 열리며 한 선녀가 내려왔다. 선녀는 부인께 두 번 절하고는 아뢰기를,

"소녀는 옥황상제의 시녀이온데 상제께 죄를 지어 인간 세계로 쫓겨나게 되었습니다. 어디로 가야 할지 몰라 하자 부처께서 부인 댁으로 가라 하옵기에 왔나이다."

하고 부인의 품속으로 뛰어들었다. 부인이 놀라 깨달으니 평생 바라던 태몽이었다. 부인이 매우 기뻐 시랑을 청하여 꿈 이야기를 이르고 자식 보기를 바랐다.

과연 그달부터 태기가 있어 열 달이 차자, 하루는 집 안에 향

---

2 **망간(望間)** 음력 보름께.

기가 진동하였다. 부인이 몸이 노곤하여 잠자리에 누웠다가 아이를 낳으니, 여자아이라. 선녀가 하늘에서 내려와 옥으로 만든 병을 기울여 향기 나는 물로 아기를 씻겨 눕히고 아뢰기를,

"부인은 아기를 잘 길러 후일에 복을 받으소서."

하고 나가면서 다시 말하였다.

"오래지 않아 다시 뵈올 날이 있을 것입니다."

그러더니 문득 간 데가 없었다. 부인이 시랑을 청하여 아이를 뵈니, 얼굴이 복숭아꽃 같고 향기가 진동하니 진실로 월궁항아(月宮姮娥)³ 같더라. 부부의 기쁨을 측량할 수 없었으나 사내아이가 아님에 한탄하였다. 부부는 아이의 이름을 계월이라 하고 장중보옥(掌中寶玉)⁴같이 사랑하였다.

계월이 점점 자라나매 얼굴이 화려해지고 또한 영민해진지라. 재주가 있는 사람은 하늘이 시기한다고 하므로 시랑은 계월의 앞날이 염려되었다.

하루는 곽 도사라는 사람을 청하여 계월의 얼굴을 보였다.

---

3 **월궁항아** 전설에서 달에 있는 궁에 산다는 선녀.
4 **장중보옥** 손안에 있는 보배로운 구슬. 귀하게 보배롭게 여기는 존재를 비유적으로 이르는 말.

도사가 얼굴을 가만히 들여다보고는 말하기를,

"이 아이의 얼굴을 보니, 다섯 살에 부모를 이별하였다가 열여덟에 다시 만나 높은 벼슬을 누릴 것이오, 천하의 으뜸으로 이름을 날릴 것이니 아주 길하오!"

시랑이 그 말을 듣고 놀라 말하기를,

"좀 더 명백히 가르쳐 주옵소서."

하니 도사가 말하기를,

"그 밖에는 아는 일이 없고 천기를 누설치 못하므로 대강 말하였소이다."

도사가 말을 마치고는 하직하고 가는지라. 시랑은 도사의 말을 들은 것이 오히려 듣지 않은 것만도 못하다 여겨 염려하니 부인도 시랑의 말을 듣고 어쩔 줄 몰라 잠을 이루지 못하였다.

몇 날 며칠을 고민한 끝에 시랑과 부인은 계월에게 사내 옷을 입혀 초당[5]에 두었고, 집안사람들에게도 사내아이처럼 대하게 하였다. 여느 계집애들처럼 바느질을 가르치는 대신 사

---

5 초당(草堂) 원채에서 따로 떨어진 곳에 짚이나 억새로 지붕을 이은 조그마한 집채.

내애들처럼 글을 가르치니, 계월은 한 번 배운 것은 결코 잊지 않았다. 계월의 재주에 놀라 시랑이 한탄하였다.

"네가 만일 남자로 태어났다면 우리 집안을 빛내었을 텐데, 애달프도다!"

세월이 물처럼 흘러 계월의 나이가 다섯 살이 되었다.

이때 시랑이 친구 정 도사를 보려고 집을 나서는데, 원래 정 도사는 황성[6]에서 시랑과 함께 벼슬했던 제일 친한 벗이라. 간신배들의 참소를 받아 벼슬을 하직하고 호계촌에 돌아와 살고 있기를 수십 년이라. 호계촌까지는 무려 350리 길이었다. 시랑이 여러 날 만에 호계촌에 다다르니 정 도사가 시랑을 보고 문밖에 나와 손을 잡고 크게 기뻐하여 두 사람은 서로 마주 앉아 오랫동안 쌓인 회포를 풀었다.

"이 몸이 벼슬을 하직하고 이곳에 돌아와 자연을 벗 삼아 세월을 보내되 다른 벗이 없어 언제나 적적했는데, 뜻밖에 시랑이 1,000리를 멀다 하지 않고 이렇게 버림받은 몸을 찾아 위로하여 주시니 참으로 감격스럽소이다."

---

6 황성(皇城) 황제가 있는 나라의 서울.

시랑이 정 도사의 집에서 사흘을 지내며 즐기다가 다시 집으로 길을 떠날새, 섭섭한 마음 어찌 측량하리오. 돌아오는 길에 북촌이란 동네에 이르자 날이 저물어 주막에서 하룻밤을 보내고 이튿날 새벽에 떠나려 하는데 멀리서 징과 북소리가 들리며 함성이 진동하고 땅이 울렸다. 시랑이 놀라 바라보니 많은 사람이 쫓겨 오고 있었다. 시랑이 급히 물으니 어떤 사람이 말하기를,

"북방 절도사(北方節度使)[7] 장사랑이 양주 목사 주도와 협력하여 10만 군사를 일으켜, 성주에 있는 90여 성에서 항복을 받고 기주 자사(刺史) 장기덕의 목을 베고 지금은 황성을 범하였소. 백성들을 무수히 죽이고 재산을 노략하기에 살길을 찾아 피란하는 사람이 헤아릴 수 없을 정도라오."

시랑이 이 말을 듣고 천지 아득하여 도적을 피해 산으로 들어가며 부인과 계월을 생각하여 슬피 우니, 그 모습이 가련하더라.

이날 밤에 부인은 시랑이 돌아오기를 기다리다가 문득 요

---

7 북방 절도사 북쪽 지역을 방어하였던 지역 사령관.

란한 소리에 놀라 깨니, 시비 양윤이 들어와 북방의 도적이 천병만마(千兵萬馬)를 몰아 들어오며 백성들을 무수히 죽이고 노략하니 어찌하느냐고 아뢰었다. 부인이 크게 놀라 계월을 안고 통곡하더라.

"이미 시랑은 길에서 도적의 모진 칼에 맞아 죽었겠구나!"

부인이 자결하고자 하니 곁에 있던 양윤이 막으며 말하기를,

"아직 시랑의 생사도 모르는데, 어찌 이렇게 함부로 하시나이까?"

부인이 그 말을 옳게 여겨 겨우 마음을 진정하고, 계월을 양윤의 등에 업히고 남쪽으로 향하였다. 10리를 가자 큰 강이 길을 막으니, 부인이 절망하여 하늘을 우러러 통곡하며,

"지금 도적이 급히 쫓아오고 있으니 차라리 이 강물에 빠져 죽으리라!"

하며 계월을 안고 물에 뛰어들려 하자 양윤이 붙드니라. 어찌하여 하늘은 이토록 가혹하단 말이냐! 부인과 양윤이 계월을 부둥켜안고 같이 우니 밤바람은 차고 부인과 양윤의 눈물은 뜨거운지라. 두 사람이 한참 우는데 문득 북쪽에서 뭐라 외치는 소리가 들리거늘, 부인은 도적이 오는가 싶어 놀라 엎드

렸다. 그때 어두운 강물 위로 한 선녀가 나뭇잎처럼 작은 배를 타고 오며 외쳤다.

"부인은 잠깐 진정하소서!"

잠깐 사이 배가 강가에 닿았다. 부인이 갈대숲에서 머리를 들어 보니 희미한 달빛에 하얀 저고리와 치마가 반사되었다.

"부인은 겁내지 말고 어서 배에 오르십시오."

부인이 감격스러워하며 양윤과 계월을 데리고 급히 배에 올랐다. 선녀가 배를 저으며 아뢰기를,

"부인은 소녀를 알아보시나이까? 소녀는 부인께서 해복(解腹)하실[8] 적에 찾아갔던 선녀로소이다."

부인이 정신을 차려 자세히 보고 그제야 깨달아 말하기를,

"우리는 인간 세상의 미물인지라 눈이 어두워 몰라보았습니다! 그때에 누추한 자리에 왔다가 총총 이별한 뒤로 생각이 간절하여 잊을 날이 없었는데, 오늘 여기서 만나 보니 다행입니다. 또한 물에 빠져 죽을 사람을 구하시니 무어라 감사의 말씀을 드리며, 이 은혜를 어찌 다 갚으리오?"

---

8 **해복하다** 아이를 낳다. 해산하다.

하니 선녀가 말하기를,

 "소녀는 동빈 선생[9]을 모시러 가는 길이었는데, 만일 더디 왔더라면 구하지 못할 뻔하였소이다."

하였다. 말을 마치자 선녀는 낮고 부드러운 소리로 노래를 부르며 배를 저었다. 배 빠르기가 살과 같은지라. 순식간에 배는 강 건너편에 닿았다. 선녀가 강변에 배를 대고 내리기를 재촉하니 부인이 배에서 내려 무수히 치사하였다. 선녀가 말하기를,

 "부인은 삼가 천만 보중(千萬保重)하옵소서."

하고 배를 저어 가니 그 가는 바를 알지 못함이라.

 부인이 공중을 향해 무수히 사례하고 갈대밭 속으로 들어가며 살펴보니, 출렁이는 물결은 만 겹이요 오산은 천봉이라. 과연 어디로 가란 말이냐? 부인과 양윤이 계월을 시냇가에 앉혀 두고 두루 다니며 칡뿌리도 캐어 먹고 버들강아지도 훑어 먹으며 겨우 정신을 차려 점점 들어가니 한 정자가 있거늘, 가까이 가서 현판을 보니 '엄자릉(嚴子陵)의 조대(釣臺)[10]'라고 새겨

---

9 동빈 선생 중국 전설에 등장하는 선관의 이름.
10 엄자릉의 조대 엄자릉의 낚시터. 엄자릉은 후한 때의 사람으로, 광무제의 벼슬 제안을 뿌리치고 부춘산에서 낚시를 하며 살았다.

져 있었다. 그 정자에 올라 잠깐 쉬다가, 양윤은 밥을 얻어 오라고 마을로 보내고 부인은 계월을 안고 홀로 앉았더니 그때 부인이 문득 강 쪽을 보니 큰 배 한 척이 정자를 향하여 오고 있었다. 부인이 놀라 계월을 안고 갈대밭으로 들어가 숨었더니, 배가 점점 가까이 와 정자 앞에 멈추더니 한 놈이 외쳤다.

"아까 강 위에서 보니 여인 하나가 앉았다가 우리를 보고 저 수풀로 들어갔으니 어서 찾아보라!"

그러자 모든 사람이 한꺼번에 내달아 갈대밭 속으로 달려들었다. 부인이 정신이 아득하여 양윤을 부르며 통곡한들 밥 빌러 간 양윤이 어찌 알리오.

도적들이 부인의 등을 밀치며 잡아다가 뱃머리에 꿇어앉히고 온갖 말로 겁을 주었다. 원래 이 배는 수적(水賊)[11]의 무리라. 수적들이 물 위로 다니며 재물을 탈취하고 여자도 납치하였는데, 마침 이곳을 지나다가 부인을 본지라. 수적의 괴수 장맹길이라는 놈이 부인의 화용월태(花容月態)[12]를 보고 마음에 흠모하여 말하기를,

---

11 수적 강이나 바다에서 배를 타고 다니며 남의 재물을 강제로 빼앗아 가는 도둑.
12 화용월태 아름다운 여인의 얼굴과 맵시를 이르는 말.

"내 평생에 천하일색을 얻고자 하였는데, 이는 하늘이 내게 주는 선물이로다!"

하며 껄껄거렸다. 곁에 있던 도적들이 모두 함께 웃으니, 부인이 하늘을 우러러 탄식하기를,

"여태까지 시랑의 생사를 알지 못하고 목숨을 보전하여 오다가 이곳에 와서 이런 변을 당할 줄 어찌 알았으리오!"

하며 통곡하니 세상의 짐승들과 풀과 나무 모두가 슬퍼하는 듯하였다. 맹길이 부인의 슬퍼함을 보고 부하들에게 분부하였다.

"저 여인이 움직이지 못하게 비단으로 동여매고, 아이는 자리에 싸서 강물에 던져 넣어라."

도적들이 달려들어 부인의 양팔을 붙잡고 계월을 떼어 내려 하였다. 부인은 팔을 잡히자 몸을 기울여 계월의 옷을 입으로 물었다. 도적들이 계월을 잡아 올리자 옷자락을 문 부인이 따라 올라왔다. 맹길이 달려들어 계월의 옷을 칼로 베고 계월을 강물에 던지니, 그 불쌍하고 민망한 일을 어찌 다 헤아릴 수 있겠는가?

계월이 물에 떠가며 울며 외쳤다.

"어머니, 이것이 웬일이오? 어머니, 나 죽소, 바삐 살려 주옵소서! 물에 떠가는 자식을 만경창파(萬頃蒼波)[13]에 고기밥이 되라 하나이까? 어머니, 어머니 얼굴이나 다시 보옵시다. 죽어도 눈을 감지 못하겠소!"

울음소리가 점점 멀어지니, 사랑하던 자식이 눈앞에서 죽는 양을 보던 부인은 어찌 정신이 아득하지 아니하리오. 부인이,

"계월아, 계월아, 나와 함께 죽자!"

하며 통곡하다가 기절하니 뱃사람들은 비록 도적이나 눈물을 흘리지 않는 이 없더라.

슬프다! 양윤이 밥을 빌어 가지고 오다가 바라보니 정자 앞에 사람이 무수하였다. 부인의 곡성이 들려 바삐 가 보니 사람들이 부인을 동여매고 분주하거늘, 양윤이 이 모습을 보고 얻어 온 밥을 그릇째 던지고 달려들어 부인을 붙들고 대성통곡하였다.

"이것이 어인 일이오, 차라리 오다가 물에 빠져 죽었던들 이런 일을 당하지 않았을 것을. 이 일을 어찌하리오? 아기는

---

13 만경창파 만 이랑의 푸른 물결이라는 뜻으로, 한없이 넓고 넓은 바다를 이르는 말.

어디 있나이까?"

하니 부인이 울며 말하였다.

"아기는 물에 빠져 죽었다."

양윤이 이 말을 듣고 가슴을 두드리며 물에 뛰어들려 하니 맹길이 도적들에게 호령하여 양윤을 잡아매라 하였다. 도적들이 달려들어 양윤을 마저 동여매니 양윤이 죽지 못하고 통곡할 뿐이더라.

맹길이 무리를 재촉하여 부인과 양윤을 배에 싣고 급히 노를 저어 제집으로 돌아와 부인과 양윤을 방에 가두고 제 계집 춘낭을 불러 말하였다.

"내가 부인을 데려왔으니 좋은 말로 달래서 내 뜻을 따르게 하라."

춘낭이 방에 들어와 부인에게 묻기를,

"무슨 일로 이곳에 왔나이까?"

이에 부인이 대답하기를,

"주인 부인은 죽게 된 사람을 살리소서!"

하며 지금까지의 일을 모두 말하니 춘낭이 말하였다.

"부인의 형색을 보니 참으로 참혹합니다. 주인 놈이 본래 수적으로 사람을 많이 죽이고 또한 용맹하여 1,000리 길도 한 번에 다녀오니 도망하기도 어렵습니다. 죽자 하여도 못 할 것이니 아무리 생각하여도 불쌍하고 또 가련하여이다. 첩도 본래 이놈의 계집이 아니라 번양 땅 양각로의 여식으로 일찍이 과부가 되어 있다가 이놈에게 잡혀왔습니다. 겨우 목숨을 도모하여 이놈의 계집이 되었사오나, 모진 목숨이 죽지 못하고 고향을 생각하면 정신이 아득합니다. 하나 한 묘책이 있으니 다행히 이 계교대로 되면 첩도 부인과 함께 도망하려 하오니 의심하지 마옵소서."

춘낭이 말을 마치더니 도적의 무리가 있는 곳으로 갔다. 도적들은 등불을 밝히고 여럿이 좌우로 갈라 앉아 잔치를 벌여 술과 고기를 즐기고 있었다. 각자 잔을 들어 맹길에게 축하의 말을 건네기를,

"오늘 장군이 미인을 얻었사오니 한 잔 술로 축하합니다!"

도적들이 각각 한 잔씩 권하니 맹길이 크게 취해 쓰러지고, 다른 장수들도 모두 잠이 들었다. 이에 춘낭이 바삐 들어와 부인에게 아뢰기를,

"도적들이 깊이 잠들었으니 바삐 서쪽 문을 열고 도망하사

이다."

춘낭이 급히 수건에 밥을 싸 가지고 부인과 양윤을 데리고 이날 밤에 도망하여 서쪽으로 향하였다. 하지만 부인은 정신이 혼미하여 몇 발자국 가기도 어려운지라.

동방(東方)이 벌써 밝았는데 강 위에서 기러기 우는 소리가 슬픈 마음을 도왔다. 문득 바라보니 한쪽은 태산이요, 다른 한쪽은 큰 강이라.

부인이 강가의 갈대밭으로 들어가다가 기운이 쇠진하자 춘낭을 돌아보며 말하기를,

"날은 이미 밝았고 기운은 다해서 길을 갈 수 없으니 어찌하리오."

부인이 말을 마치고 하늘을 우러러 울었다. 그때 문득 갈대밭에서 한 여승이 나와 부인에게 절하고 나서 묻기를,

"어떠한 부인이길래 이런 험한 곳에 왔나이까?"

부인이 지난 일을 말하고 간청하니 그 여승이 말하였다.

"부인의 모습을 보니 참으로 가엾습니다. 소승은 양식을 싣고 일봉암으로 가는 길이었습니다. 처량한 곡성이 들려 배를 강변에 대고 찾아왔으니, 우선 소승을 따라 급한 화를 면하소서."

여승이 부인에게 배에 오르기를 재촉하니 부인이 감사하며 춘낭과 양윤을 데리고 그 배에 오르니라.

이때 맹길이 잠을 깨어 방에 들어가니 부인과 춘낭이 간데없거늘 분을 참지 못하여 부하들을 거느리고 두루 찾다가 강 위를 바라보니 여승과 세 여인이 배에 앉아 있었다. 맹길이 소리를 크게 질러 도적들을 재촉하여 따라갔다. 여승이 배를 바삐 저어 가니 빠르기가 살과 같은지라. 맹길이 바라보다가 하릴없이 탄식만 하다가 돌아갔다.

이때 여승이 배를 절 문밖에 대고 내리라 하니 부인이 배에서 내려 여승을 따랐다. 산명수려(山明水麗)하여[14] 화초는 만발한데, 각색 짐승의 소리가 사람의 심회를 돕는지라. 누대에 올라 여러 스님에게 절하고 앉으니, 그중에 한 노승이 묻기를,

"부인은 어디에 계셨으며, 무슨 일로 이 산중에 들어오셨나이까?"

하니 부인이 답하였다.

"저는 형주 땅에 살았는데, 난리가 나자 피신하여 떠돌다가

---

14 산명수려하다 산수의 경치가 아름답다. 산과 물이 맑고 깨끗하다는 뜻에서 나온 말이다.

천행으로 스님을 만나 이곳에 왔습니다. 덕이 높으신 스님께 몸을 의탁하여 머리를 깎고 중이 되어 다음 생이나 닦고자 하나이다."

노승이 그 말을 듣고 말하였다.

"소승에게는 상좌(上佐)[15]가 없으니 부인의 소원이 그러하시면 원대로 하십시오."

부인은 즉시 목욕재계하고 머리를 깎아 노승의 상좌가 되고, 춘낭과 양윤은 부인의 상좌가 되어 이날부터, '시랑과 계월을 보게 해 주십시오.' 하고 불전에 축수(祝手)하며[16] 세월을 보내었다.

각설, 이때 계월은 물에 떠가며

"어머니, 저는 이제 죽거니와, 어머니는 아무쪼록 목숨을 보전하여 부디 아버지를 만나소서!"

하며 슬피 울더니, 이때에 무릉포에 사는 여공이라는 사람이 배를 타고 서쪽으로 가다가 강 위를 바라보니 어떤 아이가 자리에 싸여 물에 떠가며 우는 소리가 들렸다.

---

15 상좌 사승(師僧)의 대를 이을 여러 제자 가운데 가장 높은 사람.
16 축수하다 두 손바닥을 마주 대고 빌다.

여공이 그곳에 이르러 배를 머무르고 건져 보니 어린아이라. 그 아이의 용모를 보니 인물이 준수하고 아름다우나, 정신을 차리지 못하거늘, 여공이 약을 먹이니 한참 만에야 깨어나며 어머니를 부르는데, 그 소리가 애처로워 차마 듣기 힘들었다.

여공이 그 아이를 데리고 집에 돌아와 물었다.

"너는 어떤 아이길래 만경창파 중에 이런 일을 당하였느냐?"

계월이 울며 말하였다.

"저는 어머니와 함께 가고 있었는데, 어떤 사람들이 몰려와 어머니는 동여매고 저는 자리에 싸서 물에 던지기로 예까지 왔나이다."

여공이 이 말을 듣고, '분명 수적을 만났도다.' 하고 속으로 헤아리고 다시 묻기를,

"네 나이가 몇이며 이름이 무엇이냐?"

하니 계월이 대답하기를,

"나이는 다섯 살이고 이름은 계월입니다."

하였다. 여공이 또 묻기를,

"네 부친의 이름은 무엇이며, 살던 곳은 어디더냐?"

"아버지 이름은 모르고, 남들이 부르기를 홍 시랑이라 하였

습니다."

여공이 헤아리되, '홍 시랑이라 하니 분명 양반의 자식이로다.' 하고

"이 아이는 내 아들과 동갑이요, 또한 얼굴이 비범하니 잘 길러 장래에 영화를 보리라."

하였다.

여공은 계월을 친자식같이 여겨서 새로이 '평국'이라는 이름을 지어 주었다. 여공의 아들 이름은 보국이라. 보국은 생김새가 비범하고 활달한 귀남자라. 이때부터 계월을 보고 친동생같이 여기더라.

세월이 물같이 흘러 두 아이가 일곱 살이 되자 모든 일에 비범하니 뉘 아니 칭찬하리오. 여공은 아이들에게 글을 가르치고자 훌륭한 선생을 두루 구하다, 마침 강호 땅의 월호산 명현동에 곽 도사란 사람이 있다는 말을 듣고 두 아이를 데리고 찾아갔다. 도사가 초당에 앉아 있다가 여공을 보자 안으로 모셨다. 여공이 예를 갖춘 뒤 아뢰기를,

"저는 무릉포에 사는 여공이온데, 늦게야 자식을 두었습니다. 아이가 영민하기에 도사의 덕택으로 사람이 될까 하여 왔

나이다."

하고 두 아이를 불러 뵈니, 도사가 가만히 보다가 말하였다.

"이 아이들의 얼굴로 보아 친형제가 아닌 것이 분명하니, 내게 감추지 말고 바로 이르소서."

여공이 그 말을 듣고

"선생의 사람 보는 눈이 귀신같소이다."

하니 도사가 말하였다.

"이 아이를 잘 가르쳐 널리 이름을 빛내게 하리다."

이에 여공이 감사를 표하고 하직하여 돌아갔다.

각설, 이때 홍 시랑은 산중에 몸을 감추고 있었는데, 도적들이 산중에 들어와 백성의 재물을 노략하고 사람을 붙들어 군사로 삼았다. 마침 홍 시랑을 잡은 장사랑이라는 도적은 시랑의 사람됨이 비범하니 차마 죽이지 못하고 뭇 도적들과 의논하였다.

"이 사람을 우리 무리에 둠이 어떠하뇨?"

도적들이 모두 이 말에 기꺼이 그리하자고 했다. 장사랑이 즉시 홍 시랑을 불러 말하였다.

"우리와 함께 힘을 합쳐 황성을 치자."

홍 시랑이 생각한즉, 만일 이 말을 듣지 않으면 죽기를 면하지 못하리라 하고 마지못해 거짓으로 항복하고는 황성으로 향하였다.

이때 천자는 유성을 대원수로 삼아 군사를 몰아왔다. 임지라는 곳에서 도적을 물리치고 장사랑을 잡아 앞세워 황성으로 가게 되니, 홍 시랑도 진중에 있다가 잡혔다. 천자가 높은 누대에 자리를 잡고 모반을 꾸민 도적들에게 모두 죄를 물어 목을 베니 홍 시랑도 죽게 되었다. 홍 시랑이 큰 소리로 천자에게 아뢰기를,

"소신은 피란하여 산중에 있다가 도적에게 잡혔사옵니다!"
하며 전후수말을 다 아뢰니, 이때 양주 자사를 지냈던 정덕기가 이 말을 듣고 엎드려 아뢰었다.

"저 죄인은 시랑 벼슬을 하던 홍무이옵니다."

천자가 그 말을 듣고 자세히 보더니 말하였다.

"너는 일찍이 벼슬을 하였으니 차라리 죽을지언정 어찌 도적의 무리에 들었느냐? 네 죄를 헤아리자면 죽여 마땅하지만, 옛일을 생각하여 멀리 귀양을 보내노라."

관리들이 천자의 명을 받들어 홍 시랑을 즉시 벽파도로

귀양을 보내니, 벽파도는 황성에서 일만팔천 리 떨어진 곳이
었다.

"고향에 돌아가 부인과 계월을 보지 못하고 만리타국으로
정배[17]를 가니 이런 팔자가 어디 있으리오."

시랑이 슬피 통곡하니 보던 사람 중에 눈물을 흘리지 않는
이가 없었다.

시랑이 길을 떠난 지 8삭 만에 벽파도에 다다르니 그 땅은
오나라와 초나라 사이에 있었다. 원래 벽파도는 인적이 닿지 않
는 곳이니 천자가 시랑을 이곳에 보냄은 굶주려 죽게 함이러라.

관리들이 시랑을 그곳에 두고 돌아가니 시랑이 천지가 아
득하여 밤낮으로 울었다. 굶주림을 참지 못하여 시랑이 물가
로 다니며 죽은 물고기와 바위에 붙은 굴을 주워 먹으며 세월
을 보내니, 의복은 남루하고 형용이 괴이해지면서 일신(一身)
에 털이 나서 짐승의 모양 같더라.

각설, 이때에 부인은 춘낭과 양윤을 데리고 산중에 있으며
눈물로 세월을 보내고 있었다. 하루는 부인이 한 꿈을 보더니,

---

17 정배(定配) 죄인을 지방이나 섬으로 보내 정해진 기간 동안 그 지역 내에서 감시를 받으
며 생활하게 하던 일. 또는 그런 형벌.

어떤 중이 육환장[18]을 짚고 앞에 와서 절하며 말하기를,

"부인은 무정한 산중에서 풍경만 바라볼 뿐 어찌하여 시랑과 계월은 찾지 아니하시나이까? 지금 멀리 벽파도에 가서 시랑을 찾으면 곧 만날 수 있을 것입니다."

하고는 말을 마치자 문득 간 데가 없었다. 부인이 크게 놀라워하다가 깨어 보니 꿈이었다. 부인이 의아하여 양윤과 춘낭을 불러 꿈 이야기를 하며, 가다가 도중에 죽을지라도 가겠다고 하였다. 부인은 곧 길 떠날 차비를 꾸리고 노승께 하직 인사를 올렸다.

"첩이 만리타국에 와 스님께 은혜를 입어 잔명(殘命)을 보전하였사오니 은혜가 백골난망이옵니다. 그러나 간밤에 꿈이 이러이러하오니 이는 부처님이 인도하심이라, 이제 하직을 고하나이다."

하며 부인이 눈물을 흘리니, 노승이 또한 울며 말하였다.

"나도 부인을 만난 뒤로 모든 일을 다 부인에게 부탁하였는데, 금일 이별을 하게 되니 슬픈 마음을 가누기 어렵소이다.

---

18 육환장(六環杖) 스님이 들고 다니는, 고리가 여섯 개 달린 지팡이.

이것으로 내 마음을 표시하오니 부디 필요한 때에 쓰옵소서.”

노승은 부인에게 은 덩어리 하나를 건네었다.

부인이 감사하며 양윤에게 은 덩어리를 건네고 하직 인사를 올렸다. 부인 일행이 절 문을 나설 때에 노승과 여러 승려가 나와 서로 눈물을 흘리며 떠나는 정을 못내 애연(哀然)하더라.

부인이 춘낭과 양윤을 데리고 동쪽을 향하여 내려오니, 수많은 산봉우리가 눈앞에 어려 있고, 초목은 울울창창한데 무심한 두견새 소리는 사람의 애달픈 마음을 적시었다. 눈물을 금치 못하고 어디로 갈 줄을 몰라 조금씩 조금씩 앞으로 나아가니 문득 북쪽으로 난 길이 있었다. 그 길로 가며 보니, 앞에는 큰 강이 있고 그 위에 누각이 있었다. 부인과 일행이 올라보니 현판에 ‘악양루’[19]라고 써 있었다. 사방을 살펴보니 동정호[20] 700리가 눈앞에 펼쳐지고 무산 열두 봉우리[21]는 구름 속에 솟아 있으니 그 광활한 풍경은 이루 측량 못할 정도였다.

---

19 악양루(岳陽樓) 중국의 호남성 악양에 있는 누각.
20 동정호(洞庭湖) 중국의 호남성 북부에 있는 큰 호수.
21 무산(巫山) 열두 봉우리 기암과 절벽으로 이루어진 경치가 아름답기로 유명하다.

부인이 수심을 이기지 못하여 한숨을 크게 내쉬었다. 또 한 곳에 다다르니 큰 돌다리가 있었다. 그곳 사람에게 물으니 장판교라 하였다. 또 묻기를,

"이곳에서 황성이 얼마나 되느뇨?"

"일만팔천 리이나 저 다리를 건너 백 리만 가면 옥문관[22]이 있으니 그곳에서 다시 물으면 자세히 알리라."

또 묻기를,

"벽파도라는 섬이 이 근처에 있나이까?"

그 사람이 대답하기를,

"자세히 모르나이다."

하였다. 부인이 하릴없이 옥문관을 찾아갔다. 한 사람을 만나 또 물으니 그 사람이 벽파도를 가리켰다.

부인 일행이 벽파도를 찾아가며 좌우를 살펴보니 뱃길이 멀지 않으나 건너갈 방법이 없어 망연한지라. 물가에 앉아 있으려니 바위 위에서 한 사람이 고기를 낚는 것이 보였다. 양윤이 가서 절하고 묻기를,

---

22 옥문관(玉門關) 중국 장안에서 서역으로 가는 길목에 있는 관문.

"저 섬은 무슨 섬이라 하나이까?"

그에 고기 잡던 늙은이가 대답하기를,

"그 섬은 벽파도라 하나니라."

"그곳에 사람 사는 마을이 있나이까?"

"예부터 인적이 없었는데 몇 년 전에 형주 땅에서 유배 온 사람이 있어 풀과 나무로 울타리를 삼고 짐승들로 벗을 삼아 살고 있나니 그 모습이 참혹하여이다."

하거늘 양윤이 돌아와 부인에게 사연을 아뢰니 부인이 말하였다.

"유배 온 사람이 형주 땅에서 왔다고 하니 혹 시랑이 아닐는지 모르겠다."

부인이 그 섬을 바라보고 한참을 앉아 있노라니, 어디선가 배 한 척이 다가오거늘 양윤이 배를 향하여

"우리는 고소대 일봉암에 사는 여승입니다. 벽파도로 건너가고자 하나 배가 없어 이곳에 앉아 있다가 다행히 그대를 만났으니, 잠시 수고로움을 아끼지 마소서."

하며 애걸하니 뱃사람은 배를 대고 오르라 하였다. 양윤과 춘낭이 부인을 모시고 배에 오르니 배는 순식간에 벽파도에 닿

왔다. 부인이 배에서 내려 백배사례(百拜謝禮)하고 벽파도로 가며 살펴보니 수목이 하늘을 찌르고 인적이 없는지라. 강가로 다니며 두루 살피니 문득 한 곳에 의복이 남루하고 온몸에 털이 돋아 보기에 참혹한 사람이 있었다. 그는 강가를 돌아다니며 고기를 주워 먹다가 한 골짜기에 들어가거늘 양윤이 크게 소리 질러 말하기를,

"상공은 조금도 놀라지 마옵소서!"

하니 시랑이 그 말을 듣고 초막 밖으로 나섰다.

"이 섬에 날 찾아올 사람이 없는데, 그대는 무슨 일로 말을 묻고자 하나이까?"

그에 양윤이 대답하기를,

"소승은 고소대 일봉암에 있었는데, 상공께 간절히 여쭐 말씀이 있어서 이곳까지 찾아왔습니다."

시랑이 묻기를,

"무슨 말을 묻고자 하느뇨?"

양윤이 땅에 엎드려 말하였다.

"소승의 고향은 형주 구계촌인데, 장사랑의 난을 만나 피란하였습니다. 전언을 듣사온즉 상공께서 형주 땅에서 이 섬으

로 유배를 왔다 하기에 고향 소식을 묻고자 왔나이다."

시랑이 이 말을 듣자 눈물을 흘리며 말하기를,

"형주 구계촌에 살았다 하니 누구 집에 있었더뇨?"

양윤이 대답하였다.

"소승은 홍 시랑 댁에 있던 양윤이온데, 부인을 모시고 이 런저런 고초를 겪다가 이곳에 왔나이다."

하였다. 시랑이 이 말을 듣고 여광여취(如狂如醉)하여[23] 양윤 의 손을 잡고 대성통곡하였다.

"양윤아, 너는 나를 모르겠느냐? 내가 홍 시랑이다!"

양윤이 홍 시랑이란 말을 듣고 한참 기절하였다가 겨우 정 신을 진정하여 울며 말하였다.

"부인이 지금 강가에 앉아 있나이다."

시랑이 그 말을 듣고 정신없이 강가로 달려가니 이때 부인 이 울음소리를 듣고 눈을 들어 보니 털이 무성하여 곰 같은 사람이 가슴을 두드리며 부인을 향해 오거늘 부인이 보고 미 친 사람인가 하여 도망가니 시랑이 말했다.

---

23 여광여취하다 미친 듯도 하고 취한 듯도 하다는 뜻에서 나온 말로, 이성을 잃은 상태를 뜻함.

"부인은 놀라지 마소서. 나는 홍 시랑이로소이다."

부인은 알지 못하고 어찌할 줄 몰라 고깔을 벗어 들고 다시 달아났다. 이에 양윤이 외쳤다.

"부인은 달아나지 마소서. 홍 시랑이로소이다."

부인이 양윤의 소리를 듣고 황망히 섰는데, 시랑이 울며 달려와 말하였다.

"부인은 어찌 그다지 의심하시나이까? 나는 계월의 아비 홍 시랑이로소이다."

부인이 듣고 인사를 차리지 못하며, 서로 붙들고 통곡하다가 기절하거늘 양윤이 또한 통곡하며 위로하니 그 모습이 차마 볼 수 없을 정도였다. 춘낭은 외로운 사람이라 혼자 돌아앉아 슬피 우니 그 모습이 또한 가여웠다.

시랑이 부인을 붙들고 초막으로 돌아와 정신을 진정하여 물었다.

"저 부인은 뉘십니까?"

부인이 탄식하며 말하였다.

"저 부인의 이름은 춘낭입니다. 피란하여 가다가 수적 맹길을 만나 계월은 물에 던져지고 저는 도적에게 잡혔는데, 춘낭이 저를 도와 그날 밤에 도망할 수 있었습니다."

부인은 고소대에서 여승으로 지낸 일이며 부처님이 꿈에 나타나 벽파도로 가란 말이며 전후수말을 다 고하니, 시랑이 계월이 죽었단 말을 듣고 기절하였다가 겨우 정신을 차려 말하였다.

"나도 그때 정 도사의 집에서 떠나오다가 도적 장사랑에게 잡혀 그의 진중에서 지내게 되었소. 천자께서 도적을 잡을 때에 나도 같이 잡혔는데, 도적을 도왔다 하여 이곳으로 유배를 오게 되었소."

시랑이 말을 마치고 춘낭 앞에 나아가 절하며 말했다.

"부인을 구한 은혜는 죽어도 갚을 길이 없나이다."

이때 부인이 노승이 준 은 덩어리를 뱃사람에게 팔아 양식을 마련하였다. 그리고 그날부터 초막에서 계월을 생각하며 아니 우는 날이 없더라.

각설, 이때에 계월은 보국과 함께 글을 배울새, 한 자를 배우면 열 자를 알고, 행동이 비범하니 도사의 칭찬이 끊이지 않았다.

"하늘이 너를 내린 까닭은 명 황제를 위함이다. 너와 같은 인재가 있으니 어찌 천하를 근심하리오."

도사가 군사를 부리는 법과 여러 상황에서 진을 짜는 법을 가르치니 검술과 지략이 세상에 당할 자가 없게 되었다.

세월이 물처럼 흘러 두 아이의 나이가 열세 살이 되었다. 도사가 두 아이를 불렀다.

"군사를 부리는 법은 다 배웠으니 바람과 구름을 부리는 술법을 배우거라."

도사가 두 아이에게 책 한 권씩을 주거늘, 평국과 보국이 밤낮을 가리지 않고 배우니, 평국은 3삭 안에 책의 내용에 막힘이 없어졌고 보국은 1년을 배워도 깨우치지 못하는 구석이 있었다. 이에 도사가 말했다.

"평국의 재주는 당세에 제일이라."

이때 나라가 태평하니 백성들이 격양가[24]를 부르며 세월을 즐기었다. 천자는 어진 신하를 얻고자 과거를 치르게 하였다. 도사가 이 소식을 듣고 즉시 평국과 보국을 불러 이르기를,

"지금 천자께서 과거를 보게 하신다 하니 이번 기회에 이름을 빛내 보거라."

---

24 **격양가(擊壤歌)** 농부들이 풍년이 들어 태평한 세월을 즐기는 노래.

하고 여공에게 두 아이의 여행 채비를 차려 달라 요청하였다. 이에 여공이 행장을 차려 주되 말 두 필과 하인을 주거늘 두 아이가 하직 인사를 올리고 길을 떠나 황성에 다다르니, 천하 의 선비들이 구름 모인 듯하였다.

과거 보는 날이 닥치자 평국과 보국이 궁에 들어갔다. 천자 는 높은 대 위에 앉아 한 번 붓을 들어 단숨에 과제를 써 내리 었다. 평국이 먼저 글을 지어 바치고 보국은 그다음으로 바치 고 숙소로 돌아왔다. 이때 천자가 이 글을 보시고 이르기를,

"이 글을 보니 재주를 가히 알지로다."

평국을 장원으로, 보국은 부장원으로 삼았다. 관리들이 황 성의 대문들에 방을 붙이고 합격생들의 이름을 호명하거늘 하인이 문밖에 왔다가 이 소리를 듣고 급히 돌아와 여쭈었다.

"도련님 두 분이 지금 과거에 붙어 관리들이 바삐 부르니 어서 가십시오."

평국과 보국이 크게 기뻐하며 서둘러 궁으로 들어가 천자 가 있는 전각[25]의 계단 아래에 엎드렸다. 천자가 두 사람을 가

---

25 전각(殿閣) 임금이 거처하는 궁전의 건물.

까이 오라 하여 손을 잡고 칭찬하시기를,

"너희의 얼굴에는 충심이 가득하고, 눈썹 사이엔 재주가 어렸구나. 말소리는 옥을 깨는 듯하니, 과연 천하의 영웅이로다. 짐이 이제는 천하를 근심치 아니하리로다. 마음과 힘을 다하여 짐을 도우라."

하시고 평국은 한림학사로, 보국은 부제후로 삼았다. 또한 어사화와 좋은 말 한 필씩을 내리었다.

한림과 부제후가 사은숙배하고[26] 나오니 하인들이 문밖에서 기다리고 있다가 모시고 길을 나섰다. 붉은 예복과 옥으로 만든 띠가 붉고 푸른 일산[27] 사이로 스며든 햇빛에 은은히 빛이 났다. 앞에는 광대들이 옥피리를 불고 뒤에는 울긋불긋 비단옷을 입은 어린이들이 꽃밭을 이루어 장안[28] 대로를 메우며 나오니, 보는 사람들이 칭찬하기를,

"천상 선관(仙官)[29]이 하강하였다."

하더라. 삼일유가[30]를 지낸 뒤에 한림원에 들어가서 명현동

선생과 무릉포 여공 댁에 기별을 전하고 한림이 눈물 흘려 부제후에게 말하였다.

"그대는 양친이 계시니 영화를 보이겠지만, 나는 부모 없는 인생이라 뉘께 영화를 뵈리오."

이때에 한림과 부제후가 궁에 들어가 부모를 뵈러 가고 싶다고 아뢰니, 천자가 이르기를,

"경들은 짐의 수족이라. 한때라도 조정을 떠날 수 없도다. 하지만 부모를 뵈러 가는 일을 내가 어찌 막으리오. 다녀옴을 허락하니 일찍 돌아와 짐을 도우라."

한림과 부제후가 명을 받들어 하직 인사를 올리고 집으로 돌아갈 새, 많은 사람들이 나와 전송하였다.

여러 날 만에 무릉포에 다다라 여공 부부를 뵈니 그 즐거움은 측량치 못함이러라. 보국은 얼굴에 기쁨이 가득하나 평국은 기쁜 낯 위로 눈물 흔적이 마르지 아니하거늘 여공이 위로하였다.

"이미 지난 일을 너무 서러워 마라. 하늘이 도우사 다시 부모를 만나 영화를 보일 것이니 어찌 지금 서러워하리오!"

평국이 고개를 숙이고 엎드려 슬피 울며,

"강물에 빠져 죽을 것을 거두어서 이처럼 귀하게 되게 하셨으니 백골난망이라."

하니 여공과 사람들이 이 말을 듣고 마음으로 칭찬하였다.

이튿날 한림과 부제후가 도사를 뵈려고 명현동에 찾아갔다. 도사가 크게 기뻐하며 평국과 보국을 앉히고 영화롭게 돌아옴을 칭찬하고, 나라 섬길 일을 말하여 마음에 경계로 삼게 하였다.

하루는 도사가 하늘의 기운을 살펴보니 북방의 도적이 강경하거늘 도사가 깜짝 놀라, 즉시 평국과 보국을 불러 이 일을 말하며 급히 황성으로 올라가 위태한 천자를 구하라고 하였다. 또한 평국에게 웬 봉투 한 장을 주며 전쟁터에서 만약 죽을 지경을 당하거든 뜯어보라고 하였다. 평국이 울며 말하였다.

"선생님의 따뜻하신 은혜는 백골난망이오나, 잃은 부모는 어느 곳에 가서 찾으리까? 바라옵건대 선생님은 제게 알려 주옵소서."

도사가 이르기를,

"천기를 누설하지 못하니 다시는 묻지 말라."

하니 이에 평국이 감히 다시 묻지 못하였다. 두 사람은 도사에게 하직하고 밤낮으로 말을 채찍질하여 황성으로 향하였다.

이때 옥문관을 지키는 김성담이 천자에게 장계[31]를 올렸다.

서관과 서달이 비사장군 악대와 비룡장군 철통골 두 장수로
선봉을 삼고, 군사 10만과 장수 1,000여 명을 거느리고 국경을
침범하였습니다. 벌써 북쪽의 70여 성에서 항복을 받고, 자사
양거덕을 베고 이제 황성을 범하고자 하여 피해가 막심하나
소장의 힘으로는 당하지 못하겠사오니 엎드려 바라옵건대 황
상께서는 어진 장수를 보내어 도적을 막으소서.

천자가 장계를 보고 크게 놀라 신하들을 돌아보고 이르기를,
"경들은 바삐 대원수를 뽑아 적을 막을 묘책을 의논하라."
이렇듯 명령하며 눈물을 흘리니 뭇 신하들이 아뢰었다.
"평국이 비록 어리지만 천지조화를 훌륭히 품은 듯하니, 평
국을 대원수로 삼아 도적을 막음이 옳겠습니다."
천자가 이 말을 듣고 기뻐하며 즉시 관리를 보내라고 할 즈

---

31 장계(狀啓) 지방에 있는 관원이 임금에게 올리는 보고서.

음에 황성 문 수문장이 달려와 보고하였다.

"한림과 부제후가 문밖에 와 기다리고 있나이다."

천자가 듣고 급히 들라 이르니, 평국과 보국이 전각 아래에 이르렀다. 천자가 가까이 불러 말하였다.

"짐이 어질지 못하여 도적이 강성해져서 북쪽의 70여 성을 치고 황성을 침범하고자 하니 놀랍도다. 뭇 신하들이 오랑캐를 막을 장수로서 경들을 천거하여 짐이 그대들을 보고자 하였더니, 하늘이 도우사 경들이 뜻밖에 벌써 왔도다. 이제 경들은 마음을 다하고 힘을 다하여 짐의 근심을 덜고 도탄에 빠진 백성들을 건지라."

평국과 보국이 땅에 엎드려 아뢰었다.

"소신들이 비록 재주가 부족하오나 북쪽 도적을 파하여 전하의 성은을 만분지일이나마 갚고자 하오니, 바라옵건대 황상은 근심치 마옵소서."

천자가 크게 기뻐하며 평국을 대원수에, 보국은 대사마 중군장[32]에 봉하고, 장수 1,000여 명과 군사 80만을 주며 물었다.

---

32 **대사마 중군장(大司馬中軍將)** '대사마'는 오늘날 국방부 장관에 해당하는 벼슬. '중군장'은 전장에서 가운데에 배치된 병력을 맡은 장군.

"경은 여러 장수와 군졸들을 어떻게 지휘하려 하느뇨?"

대원수 평국이 아뢰기를,

"벌써 마음속에 다 정하였사오니 염려하지 마옵소서. 행군하면서 장수들에게 임무를 내리겠습니다."

하고 즉시 장수와 군졸들에게 행군할 채비를 갖추라고 명령하였다. 행군을 시작할 때, 순금 투구를 쓰고 하얀 전포[33]를 입은 대원수가 허리에는 보궁과 비룡살을 차고 왼손에는 산호 채찍을, 오른손에는 깃발을 들고 호령하여 군졸을 지휘하니 위풍이 엄숙하더라. 천자가 크게 기뻐하사 이르기를,

"원수가 군사를 부림이 저러하니 어찌 도적을 근심하리오."

하시고 대장기에 어필[34]로 '한림학사 겸 대원수 홍평국'이라 쓰고 칭찬하더라.

원수가 행군할 때, 갖가지 색깔의 깃발과 날카롭게 날이 선 창들이 하늘을 뒤덮어 위엄이 100리 밖에까지 떨쳤다.

원수가 장졸들을 재촉하여 옥문관으로 행군하던 길에 진지를 쳤다. 황성에 있던 천자가 원수의 행군을 구경하고자 신하

---

33 전포(戰袍) 장수가 입던 긴 웃옷.
34 어필(御筆) 임금이 손수 글씨를 씀. 또는 그 글씨.

들을 거느리고 거둥하였다[35]. 진지의 문밖에 이르니 수문장이 문을 굳게 닫고 열지 않았다. 천자를 모시고 왔던 관리가 내달아 외쳤다.

"여기 천자께서 친히 와 계시니 바삐 문을 열라!"

이 말을 들은 수문장이 이르기를,

"전쟁 중에는 장군의 명령만을 받을 뿐, 천자의 말씀이라도 듣지 못합니다."

하니 천자가 그제야 자신이 왔음을 알리는 조서를 내렸다. 대원수가 천자가 오신 줄 알고 명하여 문을 크게 열고 천자를 맞이할새, 천자가 문으로 들어오자 다시 수문장이 아뢰었다.

"진중에서는 말을 달리지 못하나이다."

이에 천자만 홀로 말을 타고 뭇 신하들은 모두 말에서 내려 걸었다. 천자가 장대[36]에 오르니 원수가 장대 밑에 서서 손을 모아 예의를 갖추고 아뢰었다.

"갑옷을 입은 장수는 절을 하지 못하나이다."

---

35 거둥(擧動)하다 임금이 나들이하다.
36 장대(將臺) 군대에서 장수가 올라서서 군사를 지휘할 수 있도록 돌이나 나무로 높게 쌓은 대.

이에 천자가 좌우의 신하를 돌아보며

"원수가 군대를 다스림이 이처럼 엄격하고, 진지를 구축함
이 이토록 군건하니 내가 무엇을 근심하리오?"

하시고 흰 창과 누런 도끼와 날랜 칼을 내리니 군중이 더욱
엄숙해졌다. 천자는 먼 길에 공을 이루고 돌아오라 당부하고
환궁하였다.

원수가 행군한 지 석 달 만에 옥문관에 이르니, 옥문관을
지키던 장수 석탐이 황성에서 대병이 온 줄 알고 기뻐서 성문
을 열어 원수를 맞았다. 석탐이 원수를 장대에 모시고 여러 장
수의 군례(軍禮)[37]를 받게 하니 그 모습이 엄숙하였다. 원수가
석탐을 불러 도적의 형세를 물으니 석탐이 대답하였다.

"도적의 형세는 철통과 같습니다."

원수가 이튿날 행군하여 적군 근처에 다다라 진지를 마련
하고 적진을 바라보니, 너른 광야 살기 충전하고 기치 창검이
일광을 희롱하더라.

원수가 적진을 피하여 장대에 높이 앉아 장졸들에게 호령

---

37 **군례** 군대에서 행하는 예식.

하였다.

"군령을 어기는 자는 군법으로 다스리리라!"

진중에 가득한 장졸들이 두려워하지 않는 자가 없었다.

이튿날 날이 밝자 원수가 순금 투구에 구름무늬 갑옷을 입고 삼척장검을 들고 준마에 앉아 진문을 활짝 열고 나서며 크게 외쳤다.

"적장은 들으라! 천자의 성덕이 어질어서 천하의 백성들은 배불리 먹고 노래를 부르며 곳곳에서 만세 소리가 높은데, 너희 놈들은 오히려 나라를 배반하고 황성을 침범하고자 하니 무엄하기 그지없도다. 천자께서 백성을 사랑하사 나를 원수로 임명하여 보내셨으니, 너희는 목을 늘어뜨려 내 칼을 받아라!"

원수의 목소리에 태산이 움직이는 듯하니 비사장군 악대가 이 말을 듣고 크게 노하여 필마단창(匹馬單槍)[38]으로 진문 밖으로 나서며 외쳤다.

"너는 젖비린내 나는 어린아이로다. 하룻강아지 범 무서운

---

38 필마단창 한 필의 말과 한 자루의 창이란 뜻으로, 혼자 간단한 무장을 하고 한 필의 말을 타고 감을 이르는 말.

줄 모르는구나. 네 어찌 나를 당하리오!"

말을 마치자마자 악대가 달려들거늘, 원수가 웃으며 장검을 높이 들고 말을 채쳐 달려들어 싸웠으나 10여 합에 이르도록 승부를 내지 못하였다. 서달이 장대에서 바라보니 악대의 칼 빛은 점점 쇠진하고 평국의 칼 빛은 구름 속의 번개같이 씩씩한지라. 급히 징을 쳐 군사를 거두어서 돌아가니, 원수가 분함을 머금고 본진으로 돌아왔다. 장수와 군졸들이 모두 원수를 칭찬하였다.

"원수의 칼을 쓰는 솜씨와 말과 몸을 부딪치는 싸움법은 춘삼월 버들가지가 바람 앞에서 노니는 듯, 추구월 초승달이 검은 구름을 헤치는 듯하더이다!"

이때에 중군장 보국이 아뢰기를,

"내일 소장이 나가 악대의 머리를 베어 원수께 바치겠나이다."

하니 원수가 만류하여 말하였다.

"악대는 범상한 장수가 아니니 중군장은 물러가 있으라."

하니 중군장이 계속 듣지 아니하고 간청하니 원수가 말하였다.

"중군장이 공을 세우고자 고집하니 허락하겠으나, 만일 이루지 못하면 군법으로 다스리겠다."

중군장이 씩씩하게 대답하였다.

"그리하옵소서."

"전쟁터에서는 사사로운 인정이 있을 수 없으니 군법을 따르겠다는 다짐을 써 올려라."

이튿날 아침, 해가 돋아 밝아 올 무렵, 보국이 갑옷을 갖추어 입고 말 위에 올라 나아가니, 원수가 친히 북채를 들고 만일 위태롭거든 징을 쳐 물리겠다고 하였다. 중군장이 진 밖에 나가 크게 고함을 질렀다.

"어제 우리 원수께서 너를 베지 아니하고 불쌍히 여겨 돌아왔으나 금일은 나로 하여금 너를 베라 하시니 빨리 나와 내 칼을 받아라!"

적장이 크게 분노하여 정서장군 무길을 명하여 대적하라 하니, 무길이 명령에 따라 창을 손에 쥐고 말을 달려왔다. 두 장수가 칼과 창을 부딪쳐서 싸움이 일어났으나 몇 합이 못 되어 보국의 칼이 빛나며 무길의 머리가 말 아래로 떨어졌다. 중군장이 무길의 머리를 칼 끝에 꿰어 들고 외치거늘,

"적장은 애매한 장수만 죽이지 말고 빨리 나와 항복하라!"

하니 총서장군 충관이 무길의 죽음을 보고 급히 내달아 싸웠다. 10여 합에 이르러 충관이 거짓으로 패하여 자기 진지로 달아나자 보국이 기세를 올려 따라갔다. 그러자 갑자기 적진에서 한꺼번에 고함 소리가 나며 수많은 군졸이 뛰쳐나와 에워싸니 보국이 1,000여 겹 속에 싸였다. 하릴없이 죽게 되었거늘, 중군장이 깃발을 높이 들어 원수를 향하여 탄식하였다. 이때 원수가 중군장의 위태로움을 보자 북채를 집어 던지고 준마를 급히 몰아 달려오며 외쳤다.

"적장은 나의 중군장을 해치지 말라!"

이 말 끝에 원수가 몇천의 적군 사이로 뛰어들어 좌로 부딪치고 우로 밀쳐 내니 적진의 장졸들이 물결 흩어지듯 하는지라. 원수가 보국을 옆에 끼고 적군 장수 50여 명을 한 칼에 베고 적진을 헤치며 돌아다니니 서달이 악대를 돌아보고 말하였다.

"평국이 하나인 줄 알았는데, 금일로 보건대 수십 명도 더 되는 것 같구나."

악대가 아뢰기를,

"대왕은 근심치 마옵소서."

하니 서달이 말하였다.

"누가 능히 저 평국을 당하리오? 죽은 군사를 이루 헤아릴 수 없도다."

원수가 마침내 진지로 돌아와 장대에 높이 앉아 보국을 잡아들이라 명하니 호령이 추상(秋霜)같거늘 무사 넋을 잃고 중군장을 잡아 장대 앞에 꿇리니 원수가 꾸짖었다.

"중군장은 들으라. 내가 만류하는 것을 네가 스스로 가겠다 하기에 다짐을 받고 출전시켰더니, 적장의 꾐에 빠져 나라의 수치가 되었다. 내가 너를 구함은 더러운 도적의 손에 죽게 하는 것보다 군법으로 죽여서 뭇 장수들에게 깨우침을 주고자 함이니 죽기를 서러워 말라."

원수가 무사를 호령하여 문밖에 데리고 나가 목을 베라 하니, 장수들이 한꺼번에 땅에 엎드려 아뢰었다.

"중군장의 죄는 군법으로 다스림이 마땅하오나, 중군장이 패한 까닭은 있는 힘을 다하여 적장을 30여 명이나 베고 의기양양하다가 적군을 가볍게 여겼기 때문입니다. 전투의 승패는 병가상사(兵家常事)[39]라. 바라건대 원수는 용서하옵소서!"

---

39 병가상사 이기고 지는 일은 전쟁에서 흔히 있는 일이라는 뜻으로, '한 번의 실패에 절망하지 말라'는 뜻으로 사용함.

말을 마치매 장수들이 모두 머리를 조아려 용서를 구하니 원수가 속으로 웃으며 말하였다.

"그대를 베어 뭇 장수들을 깨우치려 하였으나 장수들의 낯을 보아 용서하니, 이후로는 그리 말라!"

보국은 백배사례하고 물러갔다.

이튿날 다시 날이 밝자 원수가 갑옷을 갖춰 입고 말에 올라 칼을 들고 나서며 외치기를,

"어제는 우리 중군장이 패하였지만, 오늘은 내 친히 싸워 너희를 모조리 죽일 것이로다!"

하며 점점 나아가니 적진이 놀라고 두려워 어쩔 줄 몰라 하였다. 움찔거리는 적군들 사이에서 악대가 화를 이기지 못하고 달려 나왔다. 악대가 휘두르는 칼에 원수가 맞서 싸울새, 10여 합에 이르러 원수의 칼날이 번쩍이자 악대의 머리가 말 아래로 떨어졌다. 원수가 악대의 머리를 칼끝에 꿰어 들고 또 중군장 아하영을 베고 칼춤을 추며 본진으로 돌아왔다.

서달은 악대의 죽음을 보고 하늘을 우러러 탄식하기를,

"이제 악대가 죽었으니 누가 평국을 잡으리오?"

하니 철통골이 말하기를,

"소장에게 평국을 잡을 계교가 있사오니 근심치 마옵소서. 제아무리 용맹하다 해도 이 계교에는 어찌할 수 없을 것이니 지켜보옵소서."

하고 이날 밤에 철통골이 장수들에게 명령하였다.

"군사 3,000씩을 거느리고 깊은 골짜기에 매복하여 있다가 평국이 골짝 어귀에 들어오면 사방으로 불을 지르라!"

이튿날 동이 터 올 때에 철통골이 갑옷을 갖추어 입고 진문 밖에 나서며 큰 소리로 외치거늘,

"명나라 평국은 빨리 나와 내 칼을 받아라!"

원수는 자기 이름을 부르는 소리를 듣자 떨쳐 일어나 갈 한 자루를 손에 쥐고 말을 달렸다. 철통골을 맞아 원수가 수십여 합을 겨루었으나 승부가 나지 않았다. 이에 철통골이 힘에 겨운 듯이 투구를 벗어 들더니 말 머리를 천문동으로 향하여 들어가거늘 원수가 재빨리 철통골을 쫓아 한참 말을 달리다 보니 날이 저물고 말았다.

원수는 그제야 적장의 꾀에 빠진 줄 알고 말을 돌려 달아나려 하는데, 갑자기 사방에서 불화살이 날아들어 불빛이 하늘에 가득하니 아무리 생각해도 달아날 길이 없었다. 마침내 원

수가 하늘을 우러러 탄식하였다.

"나 하나 죽으면 온 천하가 모두 오랑캐의 세상이 되리로다! 하물며 어릴 적 잃은 부모도 보지 못할 것이니 어찌하리오!"

말을 마치자 문득 선생이 주신 봉투가 생각났다. 원수는 급히 봉투를 가슴 속에서 꺼내어 뜯어보았다.

봉투 속에 부적을 넣었으니 불에 갇혀 어려움에 처하거든 부적을 사방에 날리고 비를 세 번 부르라.

원수가 기뻐하며 하늘에 감사하고 부적을 사방에 날리며, "비!" 하고 세 번 외쳤다. 이윽고 서풍이 크게 불며 북쪽에서 검은 먹구름이 일어나고 뇌성벽력이 진동하며 소낙비가 내리니 화광이 일시에 스러지더라. 원수가 놀라 눈이 휘둥그레졌다가 다시 보니, 비가 그치고 달이 동쪽 고개 위에서 빛나고 있었다. 원수가 서둘러 본진으로 돌아가며 살펴보니 서달의 10만 대병도 간데없거늘,

'서달이 내가 죽은 줄 알고 황성으로 쳐들어갔으리라!' 하며 갈 곳을 몰라 백사장 위에서 탄식했다. 한데 갑자기 옥문

관에서 함성 소리가 들리거늘, 원수가 놀라 말을 채찍질하여 함성 소리 나는 곳으로 달려가니, 북과 나팔 소리가 하늘을 울리는 사이로 철통골이 외치는 소리가 들렸다.

"명나라 중군장 보국은 도망치지 말고 내 칼을 받아라! 네 대원수 평국은 천문동에서 불에 타 죽었으니 어찌 나를 대적하겠느냐?"

원수가 이 말을 듣고 분노하여 외치거늘,

"적장은 나의 중군장을 해치지 말라! 천문동 불길에 죽은 평국이 여기 왔노라!"

하며 번개같이 달려들어 칼을 내지르니 서달이 철통골을 돌아보며 말하였다.

"평국이 죽은 줄 알았는데 이제 어찌하리오?"

철통골이 당황하여 아뢰었다.

"이제 바삐 도망하여 본국으로 돌아가셨다가 다시 군사를 일으킴이 옳겠습니다. 지금은 군사들이 지쳤으니 아무리 싸우려 해도 반드시 패하고야 말 것입니다. 바삐 군사들을 물려서 벽파도로 가시지요."

철통골이 이렇게 말하고 장수 30여 명을 거느리고 강변에 나아가 어부의 배를 빼앗아 서달을 모시고 벽파도로 가는지라.

이때 원수가 한 필의 말을 타고 한 자루 칼을 휘두르며 짓쳐 들어가니, 칼 빛이 번개 같고 적군의 시체가 산과 같았다. 원수가 한 칼로 10여만 대병을 깨트리고 서달을 찾느라고 살펴보니, 남은 몇몇 군사들이 달아나며 울부짖기를,

"서달아, 너는 살려고 도망치고 우리는 여기서 죽겠구나." 하니 그 소리 도리어 처량하도다.

원수가 서달 등을 찾으려 할 제 문득 옥문관 쪽에서 요란한 소리가 나니 원수는 적장이 그리로 도망친 줄 알고 말 머리를 돌려 달렸다.

이때 보국은 이런 줄은 모르고 가슴을 두드리며 슬퍼하다가 희미한 달빛에 웬 장수가 달려오는 것을 보고 적장이 오는 줄로만 알고 달아나려 하였다. 그러자 뒤에 있던 한 장수가 쫓아와 여쭈었다.

"뒤에 오는 저 장수가 천문동 화재에 죽은 우리 원수의 혼백인가 봅니다."

중군장이 크게 놀라 어찌 아느냐고 물었다.

"희미한 달빛에 보니 타신 말이 원수의 말이요, 투구며 갑

옷이며 행동 또한 원수의 모습이 분명합니다."

보국이 그 말을 듣고 반가워서 군사를 머무르게 하고 서서 기다리니 점차 원수의 음성이 들려왔다. 보국은 기뻐하며,

"소장은 중군장 보국이오니 기운을 허비하지 마옵소서!"

원수가 듣고 의심하여 외치거늘,

"네가 분명 보국이면 군사에게 칼을 보내라."

하니 보국이 칼과 깃발을 보냈다. 그제야 원수가 의심을 풀고 달려와 말에서 내려 보국의 손을 잡고 장막으로 들어갔다. 원수는 기쁘고 즐거워서, 천문동 화재에 죽게 되었는데 선생의 봉투가 생각나서 뜯어보고 이리이리하여 벗어났다는 말과 돌아오면서 적진을 깨뜨렸다는 말을 하였다. 원수와 중군장이 서로 묻고 답하느라 한참을 즐기더라.

날이 밝으니 군사가 아뢰었다.

"서달 등이 도망하여 벽파도로 갔다 하오니 급히 도적을 잡게 하소서."

원수가 즉시 군사를 거느리고 강변에 이르러 어선을 잡아 강을 건너게 되었다. 배마다 깃발과 창과 칼을 세우고 원수는 배 안에 자리를 높게 마련하여 앉았다. 그러고는 갑옷을 갖추어

입고 삼척장검을 높이 들고 중군장에게 배를 바삐 저어 벽파도로 향하라고 호령하였다. 배가 강 물결을 거슬러 가니 씩씩한 위풍과 늠름한 거동이 세상의 영웅이라고 일컬을 만하였다.

이때 홍 시랑은 부인과 더불어 계월 생각에 매일 슬퍼하며 지내고 있었다. 하루는 난데없이 뜻밖에 들리는 소리가 나거늘 시랑이 놀라서 급히 초막 밖으로 나서 보니, 무수한 도적들이 섬에 올라오고 있었다. 시랑은 놀랍고 두려워서 부인을 데리고 허둥대며 산으로 달아났다. 큰 바위 뒤편에 겨우 몸을 감추고 숨을 고르고 나니, 자기의 처지가 너무나 슬펐다.

이튿날 날이 밝을 무렵에 강가를 바라보니 다시 웬 배들이 군사를 잔뜩 싣고 다가오고 있었다. 자세히 보니 깃발과 창과 칼이 서릿발처럼 곤추섰고 배 안에서 함성이 진동하였다. 시랑이 더욱 놀라 몸을 감추고 있었다.

배가 벽파도에 이르자 원수가 배를 강변에 대고 서둘러 진을 치라고 호령하였다. 군사들이 싸울 태세를 갖추자 원수가 다시 장수들에게 서달을 바삐 잡으라고 호령하기를, 장수들이 일시에 고함을 지르며 벽파도를 에워싸니 서달이 하릴없이 자결하고자 하다가 원수의 군사들에게 잡혔다. 원수가 장대에

높이 앉아 서달과 그 부하들을 무릎 꿇리고 호령하기를,

"이 도적들을 차례로 문밖에 내어 목을 베어라!"

하니 무사들이 한꺼번에 달려들어 칠통골을 먼저 잡아 내어 베고, 그 밖에 남은 장수들도 차례로 베었다. 이때 한 군사가 원수에게 여쭈었다.

"어떤 사람이 두서너 명의 여인들을 데리고 산중에 숨어 있는 것을 잡아 왔습니다."

원수가 그들을 잡아들이라고 하니, 무사들이 내달아 네 사람을 결박하여 땅에 꿇렸다. 장수들이 다투어 큰 소리로 죄를 물으니 네 사람이 넋을 잃고 말을 하지 못하였다. 이에 원수가 서안[40]을 치며 엄한 목소리로 물었다.

"너희를 보니 우리 나라 옷을 입었구나. 아마도 너희는 적병들과 내통하여 여기까지 숨어 온 것이렷다?"

시랑이 두렵고 놀라서 겨우 정신을 차리고 말하였다.

"소인은 전에 명나라에서 시랑 벼슬을 하다가 간신의 참소를 입고 고향에 돌아가 농업을 일삼았습니다. 그러던 중 장사

---

40 서안(書案) 책이나 문서 등을 보던 작은 책상.

랑의 난 때에 도적들에게 잡혀 다녔는데, 그 죄로 이곳으로 유
배를 온 죄인입니다."

원수가 이 말을 듣고 더욱 크게 꾸짖었다.

"네가 천자의 성은을 배반하고 역적 장사랑에게 협력하였
는데도 황상께서 어진 마음으로 죽이지 않고 이곳으로 유배
를 보내었으니 그 은혜를 생각하면 뼈에 사무쳐야 마땅하거
늘, 이제 또 도적과 내통하였다가 이렇게 잡혔는데 어찌 변명
을 하느냐? 무사는 뭣 하느냐, 어서 잡아 내어 베라!"

목을 베라는 소리에 부인이 통곡하였다.

"애고, 이것이 어인 일인고? 계월아, 계월아! 너와 함께 강
물에 빠져 죽었다면 이런 일을 당하지 않을 텐데. 하늘이 나를
미워하여 모진 목숨이 살았다가 이런 화를 보는구나!"

부인이 울다가 쓰러지니, 원수가 이를 보고 문득 선생의 말
이 떠올랐다. 곁에 있던 사람들을 뒤로 물리고 부인을 앞으로
가까이 오라 하여 가만히 물었다.

"아까 들으니 계월과 함께 죽지 못함을 한탄하던데, 계월은
누구이며 그대의 성명은 무엇인가?"

부인이 답하였다.

"소녀는 명나라 형주 땅에 살던 사람인데, 가군[41]은 홍 시랑이옵고 계월은 소녀의 딸이옵니다."

부인이 자기소개를 하고 이어 벽파도에서 지내게 된 사연을 낱낱이 아뢰었다. 원수가 이 말을 듣자 정신이 아득해지고 세상일이 꿈같은지라. 원수는 급히 뛰어내려 부인을 붙들고 통곡하며,

"어머니, 제가 물에 떠가던 계월입니다."

하고 원수가 기절하니, 부인과 시랑이 이 말을 듣고 서로 붙들고 통곡하다가 기절하였다. 1,000여 명의 장수들과 80만 대군이 이 광경을 보고 어찌 된 일인지 알지 못하여 서로 돌아보며 이야기하고, 어떤 군사는 천고에 없는 일이라며 눈물을 흘리었다. 보국은 평국이 부모를 잃은 줄을 이미 알고 있었다. 원수가 정신을 진정하여 부모를 장대에 모시고 여쭈오되,

"그때 물에 떠가다가 무릉포에서 여공이란 분을 만나 목숨을 건졌습니다. 여공은 저를 친자식같이 길러 그 아들 보국과 함께 어진 선생 밑에서 동문수학하다가 선생의 덕택으로 황

---

41 가군(家君) 남에게 자기 남편을 이르는 말.

성에 올라 둘 다 과거에 급제하였습니다. 한림학사로 있다가
서달이 반란을 일으키자 소자는 대원수가 되고 보국은 중군
장이 되어, 옥문관 싸움에서 적진을 깨뜨리고 서달을 잡으러
여기까지 왔다가 천행으로 부모를 만났나이다."
하며 그간 지내 온 일을 이야기했다. 시랑과 부인이 듣고 고생
했던 일을 말하며 슬피 통곡하니 산천초목이 다 눈물짓는 듯
하였다. 원수가 정신을 진정하여 부인의 얼굴을 어루만지며 또
다시 통곡하다가, 양윤의 등을 쓰다듬으며 말하였다.

"내가 네 등에서 떠나지 않던 일과 물에 빠져 떠갈 적에 네
가 애통하던 일을 생각하면 칼로 살을 저미는 듯하도다. 네가
부인을 모시고 죽을 액을 여러 번 지내다가 이렇듯 만나니 어
찌 즐겁지 아니하리오."

또한 춘낭의 앞에 나아가 절하고 감사하며 말하기를,

"황천에 가서 만날 모친을 이 생에서 만나 뵈옵기는 모두
부인의 덕택입니다. 이 은혜를 어찌 다 갚으리까?"
하니 춘낭이 원수의 마음에 감사의 뜻을 올렸다.

"미천한 사람을 이토록 따뜻하게 대하여 주시니, 황공하여
아뢰올 말씀이 없나이다."

이에 원수가 춘낭을 붙들어 자리에 앉히고 더욱 공경하였다.

이때 중군장 보국이 장대 앞에 들어와 예를 갖춘 뒤 원수에게 부모 상봉함을 축하하였다. 원수가 장대 아래로 내려와 보국의 손을 잡고 장대 위에 올라 시랑에게 보였다.

"이 사람이 소자와 동문수학하던 여공의 아들 보국입니다."

시랑이 급히 일어나 보국의 손을 잡고,

"그대 부친의 덕택으로 죽었던 자식을 다시 보니 이는 결초보은하여도 다 갚지 못하리니 무엇으로 갚으리오."

하니 보국이 이 말을 듣고 오히려 사례하고 물러나니, 진 안에 있던 장졸들이 원수에게 부모 상봉함을 축하하는 말들이 분분하였다.

이튿날 날이 밝자 원수가 군사 무리 가운데에 앉아 서달을 대령하라고 호령하였다. 무사들이 서달을 데려와 원수 앞에 무릎을 꿇리고 항서[42]를 받았다. 이에 원수가 서달을 장대에 올려 앉히고 도리어 고맙다는 말을 하였다.

"그대가 만일 이곳으로 오지 아니하였던들 어찌 내가 부모

---

42 항서(降書) 항복의 문서.

를 만날 수 있었겠소? 이후로부터는 은인이 되었도다."

서달이 이 말을 듣고 은혜에 감사하여 땅에 엎드려 말하였다.

"무도한 도적이 원수의 손에 죽을까 두려워하였는데, 도리어 치사를 듣사오니 이제 죽어도 원수의 은혜는 갚을 길이 없겠나이다."

원수가 서달을 본국으로 돌려보내고, 부하들에게 안장을 얹은 말과 가마를 준비하라고 명령하였다. 부친과 모친을 모시고 1,000여 명의 장수와 80만 군사를 거느리고 옥문관으로 향하니, 행차하는 위용이 천자의 것과 비길 만하였다. 마침내 옥문관에 다다라 천자에게 그간의 사연을 아뢰니라.

이때까지 천자는 원수의 소식을 몰라 밤낮으로 걱정하고 있었다. 그런데 옥문관에서 장계가 올라오니, 천자가 급히 열어 보았다.

한림학사 겸 대원수 평국은 돈수백배(頓首百拜)하옵고[43] 한 장

---

43 돈수백배하다 머리가 땅에 닿도록 수없이 계속 절하다.

글을 황상께 올리옵나이다. 서달을 쳐서 깨뜨리자 도적들이 벽파도로 도망하였기에 쫓아 들어가 모조리 잡았습니다. 그러다가 잃었던 부모를 다시 만났으니, 이는 모두 황상의 덕택이옵니다. 부디 저의 사정을 가엾게 보아 주십시오. 아비는 장사랑의 일당과 함께 잡혀 벽파도로 유배를 간 홍무입니다. 엎드려 공손히 비오니, 폐하에서 신의 벼슬을 거두어 아비의 죄를 대신하게 하시면, 신은 아비와 고향으로 돌아가 남은 인생을 마치고자 하나이다.

천자가 장계를 읽고는 크게 놀라고 기뻐하였다.

"평국이 한 번 가서 적병을 물리치고 잃었던 부모를 만났다 하니 이는 하늘이 감동하심이라. 내가 이제 평국의 공을 인정하여 저를 승상으로 삼으려는데, 어찌 그 아비가 벼슬이 없으리오."

천자가 즉시 홍무를 위국공에 봉하고 그 부인에게도 벼슬을 내리었다.

"짐이 불명한 탓으로 원수의 아비가 유배를 가서 여러 해를 고생하다가 원수를 만나 영화롭게 돌아오니 어찌 그 영화를 빛내지 아니하리오."

천자는 영화로움을 빛내기 위해 궁녀 300명을 가려 뽑아 녹의홍상을 입혀 보내었다. 또한 부인을 모실 금덩[44]과 쌍교[45]를 마련하여 시녀들로 하여금 옹위하여 황성까지 오게 하고, 그 앞에는 비단옷을 화려하게 차려입고 꽃을 든 어린 시종들을 세웠다.

마침내 천자의 명을 받은 관리가 옥문관에 당도하여 천자가 내린 벼슬의 직첩을 원수에게 드리었다. 시랑과 부인이 받아 보고 기쁨을 이기지 못하여 북쪽을 향하여 네 번 절하고 열어 보니, 시랑은 위국공에, 부인은 정렬부인에 봉한다는 직첩이러라. 또한 천자의 편지가 있으니 원수가 뜯어보았다.

원수가 한 번 가서 북방을 평정하고 사직[46]을 보존하니 그 공이 적지 아니하며, 또 잃었던 부모를 만났으니 이런 일은 천고에 드문지라. 또한 짐이 어질지 못하여 경의 부친을 먼 곳

---

44 금덩 황금으로 화려하게 장식한 가마.
45 쌍교(雙轎) 두 마리의 말이 각각 앞뒤 채를 메고 가는 가마.
46 사직(社稷) 토지의 신인 '사(社)'와 곡식의 신인 '직(稷)'에 제사 지내는 제단으로, 나라를 달리 이르는 말.

에 유배를 보내었다가 적년[47] 고생하게 하였으니 짐이 도리어 경을 볼 면목이 없도다. 그러니 바삐 올라와 짐이 기다림이 없게 하라.

편지를 읽고 위공[48] 부자가 천자의 은혜에 감격하였다. 이 날 길을 떠나려 할 때에 부인을 모실 금덩과 여러 가지 물품이 도착하였다. 원수가 즉시 예의를 갖추어 부인을 금덩에 모시자, 300명의 시녀가 이를 에워싸고 비단옷을 입고 꽃송이를 든 어린이들이 좌우로 갈라섰다. 그 모습은 온갖 진귀하고 아름다운 꽃들이 활짝 핀 꽃밭과 같았다. 풍악이 그게 울려 퍼지며, 춘낭과 양윤은 쇄금 교자를 타고 원수와 위공은 화려하게 장식한 말에 올랐다.

황성에 들어갈 준비를 마치자 중군장이 거느린 80만 대군과 장수 1,000여 명이 줄을 맞추어 늘어섰다. 그러고는 승전고의 북소리에 맞추어 40리 너른 들판을 가로지르며 앞으로 나아가기 시작하였다.

---

47 적년(積年) 여러 해.
48 위공(魏公) '위국공'을 줄여 이르는 말.

이때 천자가 백관을 거느리고 원수를 맞으니, 위공과 원수가 말에서 내려 땅에 엎드렸다. 천자가 이들을 반기사,

"짐이 밝지 못한 탓으로 위공을 적년 고생하게 하였으니 도리어 부끄럽도다."

하며, 한 손으로 위공의 손을, 또 한 손으로는 원수의 손을 잡고 보국을 돌아보며 말하였다.

"짐이 어찌 수레를 타고 경들을 맞으리오."

천자가 30리 길을 걸어오니 신하들 또한 함께 걸었고, 백성들이 길을 에워싸고 이들을 구경하며 칭찬이 끊이지 않았다.

천자는 궁에 당도하여 자리에 앉고는 원수를 좌승상 청주후[49]에, 보국은 대사마 대장군[50] 이부 시랑에 봉하고, 남은 장수들에게도 차례로 공에 맞게 벼슬을 내리었다.

천자가 원수에게 물었다.

"경이 다섯 살에 부모를 잃었다 하니 뉘 집에 가 의탁하여 자랐으며, 병법은 뉘에게 배웠는가? 또한 경의 모친은 누구에

---

49 좌승상 청주후(左丞相 淸州侯) '좌승상'은 승상의 벼슬을, '청주후'는 작위를 이르는 말.
50 대사마 대장군(大司馬大將軍) 군을 통솔하는 벼슬을 이르는 말.

게 가서 13년을 고생하며 지내다가 벽파도에서 위공을 다시 만났느뇨? 사정을 듣고자 하노라."

원수가 전후곡절을 하나도 빠짐없이 아뢰었다.

"이는 예부터 없던 일이로다. 경이 물에 빠져 죽게 된 것을 여공의 덕택으로 살아서 성공하여 짐을 도왔으니 어찌 여공의 공이 없다고 하리오?"

천자가 즉시 여공을 우복야 기주후에, 그 부인은 공렬 부인에 봉하여, 관리에게 직첩을 가지고 무릉포로 가게 하였다.

이때 여공 부부가 그 직첩을 받자 북쪽을 향하여 네 번 절하고 즉시 행장을 차려 황성으로 올라와서 천자에게 감사의 절을 올리니, 천자가 반가워하며 말하였다.

"경이 평국을 길러 내어 사직을 지키게 하였으니 그 공이 적지 아니하도다."

여공이 물러 나오니 위공과 정렬부인이 그를 맞아 감사의 말을 전하였다.

"어지신 덕택으로 계월을 구하여 친자식같이 길러 입신양명하게 하시니 은혜가 백골난망이로소이다."

위공이 말을 마치며 그간의 일이 생각나 문득 슬픈 마음 금치 못하거늘 이를 여공이 보고 더욱 감사하여 공손히 응답하였다. 평국과 보국 또한 땅에 엎드려 먼 길에 평안히 옴을 치하하였다. 위공과 정렬부인, 기주후와 공렬 부인, 춘낭이 서로 예를 갖추어 앉고, 양윤 또한 기쁜 마음으로 한자리에 앉아 이 날부터 3일 동안 큰 잔치를 열어 다시 돌아옴을 즐기었다.

천자가 평국과 보국을 한 궁궐에 살게 하려고 종남산에 터를 닦고 집을 지어 주니, 집이 1,000여 칸이 넘고 그 웅장함을 측량할 수 없었다.

집을 다 지은 후에는 노비 1,000명과 집 지키는 군사 100명을 내리었다. 또 비단과 보화를 수천 바리씩 내리니 평국과 보국이 천자의 은혜에 감사하고 궁궐 안에 각각 침사를 정하고 거처하였다. 그 궁궐은 너비가 20리가 넘어서 그 웅장하고 찬란함이 천자의 궁궐이나 다름없었다.

이때 평국이 전쟁터에서 돌아온 뒤로 몸이 곤하여 병이 들었다. 궐내에서 모시는 사람들이 걱정하여 약을 지어 치료하니, 천자가 이 소식을 듣고 놀라서 명의를 급히 보내는지라. 어의가 궁에 들어와 평국의 병세를 자세히 보니 병세가 별로 위중하지는 않는지라. 그래서 약을 새롭게 지어 주고 천자께

와서 평국의 병세를 아뢰었다.

차설, 어의가 평국을 진맥하다가 괴이한 일이 있어 수상하다고 아뢰니 천자가 놀라서 묻기를,

"무슨 일이 있느뇨?"

어의가 땅에 엎드려 아뢰기를,

"평국의 맥을 보니 남자의 맥이 아니오매 이상합니다."

천자가 그 말을 듣고 이르기를,

"평국이 여자라면 어찌 적진에 나가 적군을 사멸하고 왔으리오. 평국의 얼굴이 꽃처럼 붉고 신체가 연약해 보여 의심할 만하니 아직은 누설하지 말라."

하시고 관리로 하여금 자주 문병하시니라.

이때 평국이 병세 차차 나으니 생각하되,

'어의가 나의 맥을 보았으니 분명 나의 정체가 탄로 났을 것이다. 이제는 어쩔 수 없게 되었으니 다시 여자의 옷으로 갈아입고 규중에 몸을 숨기어 세월을 보냄이 옳겠구나.'

하고 즉시 남자 옷을 벗고 여자 옷으로 갈아입고 부모에게 갔다. 평국이 위공 부부 앞에 앉아 흐느끼며 두 볼에 눈물이

떨어지니 부모 또한 눈물을 흘리며 위로하였다. 계월이 슬픔에 겨워 우는 모습은 가을날 연꽃이 가는 비에 젖은 듯하고, 하늘의 초승달이 깊은 구름에 잠긴 듯하였다.

이때 계월이 천자에게 상소문을 올리니 천자가 받아 보았다.

한림학사 겸 대원수 좌승상 청주후 평국은 머리를 조아려 천자께 백번 절하옵고 아뢰옵나이다. 신첩(臣妾)[51]이 다섯 살 때에 장사랑의 난으로 부모를 잃었고, 수적 맹길을 만나 물에 빠져 죽을 것을 여공의 은덕으로 살아왔습니다. 당시에 생각하기를 여자의 몸으로 살아서는 규중에 늙어 부모의 해골도 찾지 못할 것 같아서 여자의 행실을 버리고 남자의 복식을 갖추어 입고 황상을 속이고 조정에 들어왔습니다. 신첩의 죄는 만 번 죽어도 애석하지 않음을 잘 알기에 황상께서 내려 주신 임명장과 도장을 다시 바치나이다. 신첩은 이미 임금을 속인 무거운 죄를 지었사오니 속히 벌하여 주옵소서.

---

51 신첩 여자가 임금을 상대하여 자기를 낮추어 이르던 대명사.

천자가 상소문을 읽고 용상(龍牀)을 내리치고는 좌우를 돌아보며 이르기를,

"평국의 행동을 보고 누가 여자로 알았으리오! 이는 고금에 없는 일이로다. 비록 천하가 넓고 넓다지만 글재주와 칼 재주를 모두 갖추고 내게 충성을 다한 평국과 같은 이를 어디서 찾을 수 있으리오? 그 기재는 어떤 남자와도 견줄 수 없으리로다. 비록 여자임이 드러났지만 어찌 벼슬을 거두리오."

하고는 관리에게 명하여 임명장과 도장을 다시 계월에게 보내고 비답(批答)[52]하였다. 계월이 황공하고 감사하여 받아 보니 이러하였다.

경의 상소를 보니 참으로 놀랍고도 장하도다. 지금 경이 충성심과 효심을 모두 갖추어 반란을 꾀한 적들을 물리쳐서 나라를 지킴은 모두 경의 크나큰 은덕이니, 짐이 어찌 여자라 허물하리오. 이에 임명장과 도장을 도로 보내니 조금도 염려하지 말고 충성을 다하여 나라를 지키고 짐을 도우라.

---

52 비답 신하의 상소에 대한 임금의 하답.

계월이 천자의 명을 사양하지 못하여 여자의 옷을 입고 그 위에 조복(朝服)[53]을 입었다. 또한 전쟁터에서 부리던 장수 100여 명과 군사 1,000여 명에게 갑옷을 입혀 집 앞의 들판에 진을 치고 있게 하니 그 위엄이 엄숙하였다.

하루는 천자가 평국의 아비인 위공을 궁궐로 불러들여 말하였다.

"짐이 원수의 상소를 본 뒤로 고민이 많은지라. 평국이 규중에서 홀로 늙으면 그대의 혼백이 의지할 곳이 없을 것이니 어찌 슬프지 아니하리오. 또한 짐이 평국의 혼인을 직접 중매를 서고 싶은데, 경의 뜻은 어떠하뇨?"

위공이 땅에 엎드려 아뢰었다.

"신의 뜻도 그러하오니 소신이 나아가 의논하여 보겠습니다만, 평국의 배필로 누구를 삼고자 하시나이까?"

"평국과 함께 공부하던 보국을 맺어 주고자 하는데, 경은 어떠하뇨?"

"폐하의 뜻이 마땅하옵니다. 평국이 물에 빠져 죽을 목숨이

---

53 조복 관리가 조정에 나아가 하례를 할 때 입던 예복.

었지만 여공의 덕택으로 살았습니다. 여공은 평국을 친자식같이 길러 평국은 부귀영화를 누리고, 이별하였던 저와도 만나게 되었습니다. 또한 보국과 함께 공부하고 같은 날에 급제하여 폐하의 성덕으로 벼슬을 받아 만 리 전장에서 생사고락을 함께하였습니다. 더구나 전쟁에서 이기고 돌아와서는 이제 한 집에서 같이 살고 있사오니 천생연분인가 하나이다."

위공이 궐에서 돌아와 계월을 불러 앉히고 천자의 말을 낱낱이 전하니 계월이 말하였다.

"소녀의 소원은 평생 동안 부모님 슬하에서 지내다가, 부모님 돌아가시면 저도 죽어 다시 남자로 태어나 공자와 맹자의 행실을 배워 이름을 날리는 것이었습니다. 그러나 이미 근본이 탄로 났고, 천자의 명령도 이와 같습니다. 또한 부모님 슬하에 다른 자식이 없어 조상의 제사 또한 모실 수 없습니다. 자식이 되어 부모의 명을 어찌 거역하오며, 천자의 명령 또한 어찌 거역하오리까? 천자의 말씀을 좇아 보국을 섬겨 여공의 은혜를 만분지일이라도 갚고자 하오니, 아버님은 천자께 이런 사연을 아뢰어 주십시오."

말을 마치고 계월은 남자가 되지 못한 것을 한탄하며 슬퍼한지라.

위공이 즉시 대궐에 들어가 계월의 말을 천자에게 전하니 천자는 크게 기뻐하며 바로 여공을 불러들이라고 하였다. 서둘러 입궐한 여공에게 천자가 말하였다.

"평국과 보국을 부부가 되게 하고자 하니 경의 뜻이 어떠하뇨?"

여공이 아뢰었다.

"폐하의 해와 같고 달과 같으신 덕택으로 어진 며느리를 얻게 되었사오니 감사한 마음에 아뢰올 말씀이 없사옵니다."

여공이 물러 나와 보국을 불러 천자의 말씀을 전하니 보국이 매우 기뻐서 땅에 엎드려 천자의 은혜에 감사하였고, 부인과 집안의 여러 사람이 모두 기뻐하더라.

이때 천자가 혼인 날짜를 정하는데, 마침 춘삼월 망일(望日)이라. 천자가 택일단자(擇日單子)[54]와 예단(禮緞) 수백 필을 갖추어 위공의 집으로 내려보내었다. 위공이 이를 받아 기뻐하며 택일단자를 가지고 계월의 침소에 들어가 전하니, 계월

---

54 택일단자 혼인 날짜를 정하여 상대방에게 적어 보내는 쪽지.

이 받아 보고 말하였다.

"보국은 내가 중군장으로 데리고 있던 사람인데, 이제 그 사람의 아내가 될 줄 어찌 알았으리오. 지금 혼인을 하면 다시는 군례를 받지 못하게 될 터이니, 바라옵건대 아버지께서는 마지막으로 제가 보국에게 군례를 받을 수 있도록 천자께 아뢰어 주십시오."

위공이 계월의 뜻을 천자에게 올리니 천자가 크게 웃고 즉시 군사 5,000명과 장수 100여 명을 무장시켜 원수에게 보내었다. 계월이 여복을 벗고 갑옷을 갖추고는 한 손에는 용과 봉황을 새긴 창을, 다른 손에는 명령을 내리는 깃발을 잡고 나서서 군대를 행군하여 진지를 세우게 하였다. 그리고 보국에게 중군장으로서 출두하라는 명령을 내렸다. 보국은 난데없는 계월의 명령에 분함을 참을 수가 없었다. 그러나 전에 평국의 위풍당당함을 보았기에 감히 거역하지 못하고 갑옷을 갖추어 입고 군문(軍門)에 대령하였다.

이때 원수는 좌우를 돌아보며 호통을 쳤다.

"중군장이 어찌 이다지도 거만한가? 바삐 오라!"

원수의 호령이 추상같고 군졸들의 대답 소리가 쩌렁쩌렁하여 온 장안이 끓는 듯하였다. 중군장이 그 위세에 놀라고 겁을 먹어서 허리를 깊숙이 숙인 채 갑옷을 끌며 들어오니, 얼굴은 땀으로 범벅이 되었다. 중군장이 장대 앞에 이르러 멈춰 서서 고개를 숙여 예의를 표하자, 원수가 정색을 하고 꾸짖었다.

"군법이 지엄하거늘, 너는 중군장으로서 즉시 대령하여 나의 명령을 기다릴 것이지 어찌하여 늦었느냐? 네가 군령을 중히 여기지 않고 태만한 마음을 두어 군령을 게을리하니 너의 죄가 무겁하도다. 즉시 군법으로 너를 다스릴 것이로되, 그간의 정을 생각하지 않을 수 없다. 그러나 그저 넘어갈 수는 없으리라. 여봐라, 중군장을 어서 잡아들여라!"

원수의 명령이 떨어지자마자, 거대한 무사들이 고함을 지르며 우르르 달려들어 중군장의 양쪽 팔을 꽉 끼고 머리와 허리를 움켜쥐더니 번쩍 들어 장대 앞에 무릎을 꿇리었다. 중군장이 정신을 잠시 잃었다가 겨우 진정하여 아뢰되,

"소장이 몸에 병이 있어 치료하는 중이라 서둘러 명령을 따르지 못하였습니다. 게으른 죄를 생각하면 만 번 죽어 마땅하지만 병든 몸이 매를 맞으면 생명을 보존하지 못하겠고, 만일 죽으면 부모에게 불효가 되리니, 엎드려 바라옵건대 원수께서

는 넓은 바다와 같은 은덕을 베풀어서 옛정을 생각하시어 살려 주시면 불효를 면할까 하나이다."

하며 머리를 조아려 거듭거듭 애걸하니 원수가 속으로는 우습지만 겉으로는 다시 호령하기를,

"중군장이 병이 있으면 어찌 영춘각에서 애첩 영춘과 함께 밤낮으로 풍류를 즐기느뇨? 그러나 나도 옛정이 있으니 이번에는 용서하거니와 다시는 이런 일이 없도록 하라."

하고 원수가 분부하니 보국이 절하고 물러났다.

원수가 이렇게 즐기다가 군사를 물리고 본궁으로 돌아왔다. 이때에 보국도 원수와 하직하고 돌아와 욕본 사연을 부모에게 낱낱이 고했다. 여공이 그 말을 듣고 크게 웃었다.

"내 며느리는 다시없을 영웅 군자로다. 계월이 너를 꾸짖은 것은 다름이 아니라 어명으로 배필을 맞이하게 되었기 때문이다. 너를 중군장으로 부리다가 이제 다시는 그러지 못하게 되어 마지막으로 너를 부려 본 것이니 너는 조금도 허물치 말라."

이때 길일이 되어 혼례일이 닥쳤다. 계월은 녹색 치마에 붉은 저고리를 입어 단장하였는데, 시비들이 좌우에서 겨드랑이를 붙들어 조심스럽게 나오는 모습이 자못 그윽하여 아름다

운 태도와 곱디고운 형상은 세상에 비할 바가 없었다. 또한 담장 밖에서 여러 장수와 군졸들이 갑옷을 갖추어 입고 깃발과 칼과 창을 들고 좌우로 갈라서 있으니 그 엄숙함 또한 헤아릴 수 없었다.

보국이 예복을 갖추어 입고 금안준마(金鞍駿馬)[55] 위에 늠름하게 앉아 봉황 부채로 얼굴을 가리고 계월이 있는 궁으로 들어섰다. 나무로 만든 기러기를 앞에 두고 계월과 보국이 서로 절을 하는 거동은 하늘에서 선관과 선녀가 천도복숭아를 옥황상제께 올리는 것처럼 우아하였다.

이튿날 날이 밝자 두 사람이 위국공과 정렬부인에게 인사를 드리니 위공 부부가 기쁨을 이기지 못하였다. 또한 기주후와 공렬 부인[56]을 뵈오니, 기주후가 기뻐서 말하였다.

"세상사를 측량하지 못하리로다. 너를 내 며느리로 삼을 줄 어찌 알았으리오?"

이 말을 듣자 계월이 일어나 다시 절하고 아뢰기를,

"저의 죽을 목숨을 구하신 은혜와 13년을 기르셨는데도 제

---

55 금안준마 비단 안장과 훌륭한 말.
56 기주후와 공렬 부인 여기서는 '여공 부부'를 가리킨다.

근본을 아뢰지 않은 죄는 말로 다할 수 없습니다. 다행히 하늘이 도와 시부모로 섬기게 되었으니 이는 첩이 바라던 바이옵니다."

하였다. 계월 부부가 시부모를 모시고 이렇듯 정담을 나누며 하루를 보내다가 하직하고 본궁으로 돌아가려고 금덩을 타고 군사들의 호위를 받으며 중문으로 나오는데, 계월이 눈을 들어 영춘각을 바라보니 보국의 애첩 영춘이 난간에 걸터앉아 계월의 행차를 구경하며 몸을 꼼짝하지 않거늘 계월이 노하여 무사를 호령하여 영춘을 잡아들이라고 하였다. 무사들이 영춘을 잡아 가마 앞에 무릎 꿇리자 계월이 호령하였다.

"네가 중군장의 힘만 믿고 교만함이 가소롭구나! 감히 난간에 높이 걸터앉아 내게 예의를 갖추지 않으니 너같이 요망한 년을 어찌 살려 두리오? 당당히 군법으로 처단하리니, 무사들은 무엇하느냐! 문밖에 내어 목을 베어라!"

말이 끝나기도 전에 무사들이 달려들어 영춘을 잡아 내어 베니 이 광경을 본 군졸과 시비 들이 놀라고 두려워 바로 보지 못하였다.

이때 보국이 영춘이 죽었단 말을 듣고 분을 이기지 못하여 부모에게 달려갔다.

"계월이 전에 대원수가 되어 소자를 중군장으로 부릴 때에는 군대의 상관과 부하 사이였으니 어쩔 수 없었으나, 지금은 소자의 아내가 아니옵니까? 어찌 소자가 사랑하는 영춘을 죽여 심사를 불편하게 하오리까?"

여공이 이 말을 듣고 만류하기를,

"계월이 비록 네 아내가 되었지만 벼슬은 그대로 있다. 또한 계월은 의기가 당당하여 너를 부릴 만한 사람이지만, 오히려 예로써 너를 섬기니 어찌 심사를 그른다 하겠느냐. 또 영춘이 네 첩이랍시고 스스로 교만을 떨다가 죽었으니 누구를 원망하겠느냐? 또한 계월이 잘못하여 노비를 죽인다고 하여도 누가 감히 잘못하였다 하리오? 너는 조금도 괘념치 말고 마음을 변치 말라. 만일 영춘을 죽였다고 이를 마음에 두면 부부 사이도 나빠질 것이요, 또한 천자께서 정하신 일이 잘못되면 네게 해로울 것이니 부디 조심하여라."

보국이 오히려 얼굴색이 변하여 말하기를,

"부친께서는 부당한 말씀을 하십니다. 세상에 어느 대장부가 계집에게 괄시를 당하며 살겠습니까?"

하고 그 이후로는 계월의 방에 들지 아니하였다. 계월이 생각
하되,

'보국이 영춘의 일로 오지 않으니, 누가 보국을 남자라 하
리오.'
하고 남자가 되지 못하였음을 분하게 여겨 눈물로 세월을 보
내었다.

각설, 이때에 황성의 남쪽 관문을 지키는 남관장이 급한 장
계를 올렸다. 천자가 열어 보니, 내용은 이러하였다.

> 오 왕과 초 왕이 나라를 배반하여 시금 황성을 침범하고자 하
> 옵니다. 오 왕은 구덕지를 얻어 대원수로 삼았고, 초 왕은 장맹
> 길을 얻어 선봉으로 삼아 장수 1,000여 명과 군사 10만을 거느
> 리고 벌써 남쪽의 성 10여 개를 무너뜨렸습니다. 형주 자사 이
> 완태를 베고 쳐들어오고 있으나 소장의 힘으로는 막을 길이 없
> 어서 감히 요청하오니, 황상은 어진 장수를 보내어 막으소서.

천자가 보고 크게 놀라서 조정의 모든 신하를 불러 의논하
니 우승상(右丞相) 정연태가 나서서 말하기를,

"이 도적을 막을 자는 좌승상 평국밖에 없사오니, 어서 평국을 부르소서."

하였다. 천자가 이 말을 듣고 한참을 고민하다가

"평국이 전에는 당당한 남자로 벼슬에 있어서 함께 나라의 일을 의논하였지만, 지금은 규중의 여자로 있으니 어찌 불러서 전쟁터에 보내리오."

하니 이에 여러 신하가 아뢰었다.

"평국이 지금 규중에 있지만 원수로서 이름이 세상에 드높고, 또한 여전히 벼슬을 맡고 있사오니 어찌 장수로 전쟁터에 보내는 것을 꺼려하시나이까?"

천자가 이 말을 듣고 마지못하여 평국을 부르게 하였다.

이때 평국은 규중에 홀로 있으면서 매일같이 시비 한 명과 장기나 바둑을 두면서 세월을 보내고 있었는데 황궁에서 관리가 나와 천자가 급히 부른다는 말을 전하니 평국이 놀라 급히 여복을 벗고 관복으로 갈아입었다. 평국이 관리를 따라 궁에 들어와 천자 앞에 엎드리니 천자가 기뻐 말하였다.

"경이 규중에 있어서 오랫동안 보지 못하여 내가 밤낮으로 그리워했는데, 이제 다시 보니 기쁘기 한량없도다. 짐이 덕이 없어서 지금 오 왕과 초 왕이 나라를 배신하여 여러 성을 함락하고 황성을 침범하고자 하니, 경은 어서 빨리 출전하여 나라를 평안하게 하라."

평국이 고개를 숙이고 엎드려 아뢰기를,

"신첩이 외람되게도 폐하를 속이고 높은 벼슬을 받아 영화롭게 지냄이 황공하였는데, 이제 죄를 용서하시고 이처럼 아껴주시니 신첩이 비록 어리석고 모자라지만 힘을 다하여 폐하의 성은을 만분지일이라도 갚고자 합니다. 폐하께서는 근심치 마옵소서!"

하니 천자가 크게 기뻐히며 즉시 대군을 마련하여 평국에게 주었다. 평국이 군대를 접수하자 진지를 구축한 뒤, 친히 붓을 들어 보국에게 명령을 내리었다.

지금 적군이 몰려오니 중군장은 바삐 대령하여 군령을 어기지 말라.

보국이 전령(傳令)을 받아 들고 분함을 이기지 못하여 부모에게 달려갔다.

"계월이 또 소자를 중군장으로 부리려고 하오니 세상에 이런 일이 또 어디 있습니까?"

여공이 말하기를,

"내 전에 너더러 무엇이라 이르더냐. 계월을 괄시하다가 이런 일을 당하였으니 누구를 탓하겠느냐? 나라의 일이 급하니 어쩔 도리가 없다."

하고 여공이 보국에게 어서 출전하라고 재촉하니 보국이 하릴없이 갑옷을 갖추어 입고 서둘러 군대에 합류하였다. 원수가 모든 장수를 모아 놓고 말하였다.

"이제 적군을 맞아 큰 전투를 벌이게 되었다. 만일 명령을 거역하는 자가 있으면 군법으로 다스리리라."

중군장이 이 말을 듣고 두렵고 놀라 처소로 돌아와 명령이 나기만 기다렸다. 원수가 여러 장수에게 각각 임무를 정하여 주고, 9월 갑자일에 행군하여 11월 초하루에 남관에 당도하였다. 사흘을 머물다가 다시 떠나 닷새 만에 천축산(天竺山)을 지나 한 곳에 이르니, 적군이 너른 광야에 진을 쳤는데 굳고 단단함이 철통과 같았다. 원수가 적진을 향하여 진을 치고 호령하였다.

"이제 전투를 앞에 두었으니 명령을 어기는 자는 엄히 다스리겠다!"

호령이 추상같거늘 여러 장수와 군졸들이 두려워하여 어찌할 줄 몰라 하고, 보국 또한 조심하였다.

이튿날 원수가 중군장에게 오늘은 직접 나가 싸우라고 분부하였다. 중군장이 명을 받들어 말에 올라 삼척장검을 들고 적진을 마주하여 외치기를,

"나는 명나라 중군장 보국이다. 대원수의 명을 받아 너희의 머리를 베려 하니 바삐 나와 나의 칼을 받아라!"

하였다. 적장 운평이 이 소리를 듣고 대로하어 말을 몰아 달려들자, 보국도 망설임 없이 장검을 들고 맞아 싸웠다. 수 합이 못 되어서 보국이 칼을 날려 운평의 칼 든 팔을 베니 운평이 말에서 떨어졌다. 보국이 달려들어 운평의 머리를 베어 들고 본진으로 돌아가려 하는데, 적장 구덕지가 이 광경을 보고 분노하여 장검을 높이 들고 말을 몰아 달려들었다. 또한 난데없는 적병이 사방에서 쏟아지니 보국이 당황하여 피하고자 했으나, 벌써 수많은 적병들이 고함을 지르며 보국을 1,000여 겹 에워싸는지라. 사세 위급하여 보국이 하늘에 탄식할 때에

원수가 사태가 다급함을 알고 급히 말을 몰아 적진으로 뛰어들었다. 원수가 장검을 날리며 적진을 휘젓고 다니니 동에 번쩍하면 서쪽 장수를 베고, 남에 번쩍하면 북쪽 장수를 베었다. 적병들이 놀라고 당황하여 어찌할 줄 모르는 사이에 원수가 벌써 적장 50여 명을 베고 보국을 구하여 본진으로 돌아갔다.

장대 앞에 도착하여 원수가 말에서 내리자, 보국이 부끄러워서 원수 보기를 민망해하였다. 그러자 원수가 보국을 조롱하여 말하였다.

"저러하고도 평소에 남자라고 나를 업신여기더니 이제부터는 어이하리오?"

원수가 말을 마치더니 장대에 앉아 구덕지의 머리를 함에 담아 황성으로 보내었다.

이때에 오 왕과 초 왕이 구덕지가 죽는 것을 본 뒤 크게 실망하여 서로 말하기를,

"평국의 용맹함을 보니 옛날 조자룡(趙子龍)[57]이라도 당해 내지 못할 지경이니 어찌 그를 대적하리오? 더구나 우리 장수

---

57 조자룡 《삼국지연의》에 등장하는 용맹한 장수. 유비를 도와 촉을 세웠다.

구덕지가 죽었으니 이제 누구와 함께 큰일을 도모하리오? 진실로 우리 두 나라가 평국의 손에 망하리로다."

오 왕과 초 왕이 눈물을 흘리니, 장수 맹길이 말하였다.

"대왕께서는 염려치 마옵소서. 소장에게 한 가지 묘책이 있으니, 평국이 아무리 영웅이라 해도 이 계교는 절대 빠져나갈 수 없을 것입니다. 평국이 모르게 군사를 거느리고 양자강(揚子江)을 건너가서 바로 황성을 기습하면, 천자가 분명 황성을 버리고 항서를 올릴 것입니다. 천자가 항복하면 제아무리 평국이라 해도 도리가 없을 것이니 이보다 좋은 계책이 어디 있겠습니까?"

오 왕과 초 왕이 모두 옳다고 여기니, 맹길이 즉시 부하 관평을 불러 명령하였다.

"그대는 나를 대신하여 본진을 지키라. 평국이 아무리 싸우자 하여도 나서지 말고 내가 돌아오기를 기다리라."

이날 밤 삼경에 맹길이 장수 100여 명과 군사 1,000명을 거느리고 몰래 황성으로 갔다.

이때에 천자는 원수가 보낸 구덕지의 머리를 받아 보고 크게 기뻐하사 뭇 신하들을 모아 놓고 평국 부부를 칭찬하며 태평하게 지내고 있었다. 하루는 오나라와 초나라 쪽을 지키는 장수가 장계를 올렸으니, 그 내용은 이러하였다.

양자강 백사장 위로 느닷없이 천병만마(千兵萬馬)[58]가 들어오며 황성을 향하여 맹렬히 달려가고 있나이다!

천자가 놀라 모든 신하를 불러 의논하고자 하였다. 그러나 벌써 맹길의 군대가 황성의 동쪽 문을 깨부수고 들어오며 백성들을 무수히 죽이고 대궐에 불을 지르니 그 불빛이 하늘에 닿았다. 장안의 모든 백성이 혼란스럽게 도망하니 물이 끓어오르는 것만 같았다.

천자가 크게 놀라 용상을 두드리며 그만 기절하니 우승상 정연태가 천자를 등에 업고 북문으로 도망하고자 하였다. 천자를 모시는 신하 200여 명이 정연태를 따라 북문을 나와 천태령을 넘어가는데, 적장 맹길이 천자가 도망함을 보고 뒤쫓아오며 고함을 질렀다.

---

58 천병만마 천 명의 군사와 만 마리의 군마라는 뜻으로, 아주 많은 수의 군사와 군마를 이르는 말.

"명나라 황제는 도망치지 말고 항복하라!"

맹길의 칼날이 번뜩이는 것을 보자 신하들이 혼비백산하여 달아났다. 그러나 큰 강에 길이 막혔거늘 오도 가도 못하게 되자 천자가 하늘을 우러러 탄식하였다.

"아아, 이제는 죽으리로다. 앞에는 큰 강이오, 뒤에는 적병이 급하니 이 일을 어찌하리오?"

천자가 슬픔을 이기지 못하여 스스로 죽고자 했으나 맹길이 벌써 들이닥쳐서 창으로 천자를 겨누었다.

"죽기가 아깝거든 항서를 바삐 올리라!"

맹길의 말에 천자 곁을 지키던 신하가 애걸하였다.

"종이와 붓이 없으니 성안에 들어가서 항서를 쓰겠소. 부디 장군은 우리 천자를 해치지 마소서."

이 말에 맹길이 눈을 부릅뜨고 호통하는지라.

"네 왕이 목숨을 아끼거든 손가락을 깨물고 옷자락을 찢어 항서를 올리라!"

천자가 맹길의 호통에 놀라 입고 있던 곤룡포(袞龍袍)의 소매를 찢더니 하늘을 우러러 대성통곡하였다.

"아아, 수백 년을 지켜 오던 나라가 내게 와서 망할 줄을 어찌 알았으리오!"

마침내 천자가 손가락을 입에 물어 깨물고자 하니, 하늘의 해가 빛을 잃고 땅의 풀과 나무 들은 푸르름을 잃더라.

이때에 원수는 진중에서 적진을 파할 묘책을 생각하다 마음이 산란하여 잠시 밖으로 나와 밤하늘을 바라보니 천자의 별자리에 어두운 기운이 가득하고 근처의 별들이 모두 살기를 띠고 있었다. 원수가 깜짝 놀라 중군장을 불러 이르기를,

"별자리를 살펴보니 천자의 목숨이 매우 위태하도다. 내가 급히 말을 몰아가려 하니, 너는 군대를 거느려 진문을 굳게 닫고 내가 돌아오기를 기다려라."

하고 중군장이 놀라는 사이, 원수는 갑옷을 갖추어 입고 한 필의 말에 올랐다. 그러고는 한 손에 칼을 쥐고 밤새 황성을 향할새, 동녘이 밝아 오거늘, 바라보니 장안이 비었고 궁궐은 불에 타 겨우 그슬린 뼈대만 남아 있었다. 원수가 놀라고 슬퍼서 큰 소리로 울며 두루 돌아다녔으나 한 사람도 볼 수가 없었다. 천자가 간 곳을 알 수 없어서 어찌할 줄 몰라 하고 있는데, 문득 수챗구멍에서 한 노인이 나오다가 원수를 보고 급히 다시 들어가는 것이 보였다. 원수가 얼른 쫓아가며 외쳤다.

"나는 도적이 아니라 대원수 평국이니 놀라지 말고 나와서 천자의 거처를 알려 주시오!"

그 노인이 그제야 울면서 도로 기어 나오는데, 원수가 자세히 보니 기주후 여공이었다. 원수가 급히 말에서 내려 땅에 엎드려 통곡하며 말하기를,

"시아버님은 무슨 까닭으로 이 수챗구멍에 몸을 감추고 있으며, 저의 부모와 시어머님은 어디로 피난하여 계십니까?"

하니 여공이 원수의 옷을 붙들고 울며 말하였다.

"이곳에 도적이 들어와 대궐에 불을 지르고 마구 노략질을 해 대니 장안 사람들이 모두 도망하였다. 나도 다급하게 도망가려 하였으나 갈 길을 몰라 겨우 이 구멍에 들어가 난리를 피하였으니, 네 부모와 시어머니가 간 곳도 알지 못하노라."

원수가 위로하며 말하기를,

"설마 다시 만날 날이 없사오리까? 황상은 어디로 가셨나이까?"

하니 여공이 대답하기를,

"여기에 숨어서 보니, 한 신하가 천자를 업고 북문으로 도망하여 천태령을 넘어갔으나 그 뒤로 도적들이 쫓아갔으니

반드시 위급하시리라.”

하였다. 원수가 크게 놀라

　“천자를 구하려 하오니 제가 돌아오기를 기다리소서.”

하고 말에 올라 천태령으로 향하였다. 순식간에 천태령 꼭대기에 다다라 아래를 내려다보니 10리 사방에 적병들이 쫙 깔려서 온 평야를 뒤덮었고, 항복하라 하는 소리 곳곳에 진동하거늘, 원수가 이 소리를 듣고 투구를 다시 쓰고 말을 채쳐 달려가며 고함을 질렀다.

　“적장은 들으라! 우리 황상을 해치지 말라! 대원수 평국이 여기 왔노라!”

　맹길이 이 소리를 듣고 도망하려고 말 머리를 돌렸다. 그러자 원수가 다시 소리치거늘,

　“네가 가면 어디로 가느냐? 도망치지 말고 내 칼을 받아라!”

　말이 끝나기 무섭게 원수가 탄 말이 붉은 입을 벌려 순식간에 맹길의 말 꼬리를 물고 늘어졌다. 맹길이 다급하여 몸을 돌려 긴 창을 높이 들어 원수를 찌르려 하자, 원수가 성을 내어 칼을 휘두르니 맹길의 두 팔이 잘려 땅에 떨어졌다. 맹길을 즉시 사로잡고 또한 좌우로 짓쳐 가며 적진의 장수와 군졸 들을

모조리 베고 다니니 주검이 산과 같더라.

이때 천자는 여러 신하와 더불어 넋을 잃고 앉아 어찌할 줄 모른 채 손가락을 깨물어 막 항서를 쓰려던 참이었다. 원수가 적진 사이에서 이를 발견하고 나는 듯이 달려와 말에서 내려 땅에 엎드려 통곡하며 여쭈었다.

"폐하는 옥체를 상하게 하지 마소서. 평국이 왔나이다."

천자가 정신이 혼미한 중에도 평국이란 말을 듣자 불현듯 반갑고도 슬픈 마음이 들어 평국의 손을 잡고 눈물을 흘렸다. 무어라 말을 하고 싶은 듯했지만 아무 말을 하지 못하니, 원수가 황상의 옥체를 보호하였다. 이윽고 천자가 정신을 진정하고 원수를 다시 돌아보며 감격에 겨워 말하였다.

"짐이 이 들판에서 허망하게 쓰러져 죽게 된 것을 원수의 덕으로 살아 나라를 다시 잇게 되었으니, 이 은혜를 무엇으로 다 갚으리오?"

그러더니 천자가 다시 의아해하며 물었다.

"원수는 만 리 변방(萬里邊方)에서 어찌 알고 와서 나를 구하였느뇨?"

원수가 땅에 엎드려 아뢰었다.

"하늘의 별자리를 보고 황상의 위태하심을 알게 되었습니다. 사태가 시급할 듯하여 중군장에게 군사를 부탁하고 밤낮으로 말을 달려 황성에 도착하였더니, 이미 장안이 비었고 폐하의 거처도 알 수 없었습니다. 그래서 여기저기 헤매던 차에 우연히 시아버지 여공이 수챗구멍에서 나오는 것을 보고 폐하의 가신 곳을 물어 급히 이곳으로 와 적장 맹길을 사로잡고 이제 폐하의 옥체 또한 보존하게 되었으니 어찌 다행이 아니겠습니까?"

말을 마치자 원수는 인사를 올리고 남은 적진 장졸들을 낱낱이 결박하였다. 사로잡은 군졸들을 앞에 세우고 황성으로 행할새, 원수의 말은 천자가 타고, 맹길의 말은 원수가 탔다. 행군을 독려하는 북을 맹길의 등에 지우고 시신의 팔을 높이 들어 북을 울리니, 뒤따르는 병사들은 만세를 부르며 위풍당당하게 황성으로 향하였다.

천자가 말 위에서 용포를 휘날리고 춤을 추며 즐거워하니, 뭇 신하들과 원수도 일제히 팔을 들어 춤을 추고 만세를 부르며 천태령을 넘었다. 그러나 장안에 도착하여 보니 황성 안이 적막하고 대궐은 불에 타 터만 남아 있으니 어찌 한심치 아니

하리오. 천자가 좌우를 돌아보며

"짐이 덕이 없어 죄 없는 백성들과 황후와 태자가 난리 통에 외로운 혼백이 되고 말았으니, 무슨 면목으로 다시 천자의 자리에 올라 천하를 차지하리오!"

하고 통곡하니, 원수가 여쭈었다.

"폐하는 너무 염려치 마옵소서. 하늘이 황상을 내실 때에 저 무도한 도적도 함께 내어 우선 고난을 당하게 하셨지만, 또한 소신을 보내어 그 역경을 이기게 하셨으니 이 모든 것이 다 하늘이 정하신 바입니다. 어찌 하늘이 정한 운수를 탓하오리까? 슬픔을 참으시고 어서 황후와 태자의 거취를 탐지하소서."

천자가 이르기를,

"대궐이 빈터만 남았으니 어디로 가서 내 몸을 눕힐꼬."

하니 이때에 여공이 수챗구멍에서 나와 천자 앞에 엎드려 통곡하였다.

"소신이 살기만 도모하고 폐하를 모시지 못하였으니 소신을 속히 죽여 뒷사람들에게 경계로 삼으소서."

천자가 쓸쓸하게 답하기를,

"짐이 경 때문에 변을 당함이 아닌데 어찌 경의 죄라 하리오. 다시는 그런 말은 하지 말라."

하니 여공이 또 아뢰었다.

"폐하께서 아직 안정을 취하실 궁궐이 없사오니 우선 원수의
집으로 자리를 옮기심이 좋을까 하나이다."

천자가 그 말을 듣고 즉시 종남산 아래로 와서 보니 외로운
집만 덩그러니 남아 있었다. 원수가 아랫사람들에게 명하여
전각 한 채를 깨끗이 치우고 천자를 모시게 하였다.

이튿날 날이 밝자 원수가 아뢰기를,

"이제 도적을 베겠으니 폐하는 굽어살펴 주소서."

하고 도적들을 차례로 앉힌지라. 원수가 차례로 죄를 물은 뒤,
무사들에게 베라 하였다. 그러더니 한 도적을 가리키며 천자
에게 아뢰었다.

"저 도적은 소신의 원수이옵니다. 죄목을 낱낱이 적어 올리
오니 살펴 주옵소서."

말을 마치고 원수가 자리에 앉자 무사들이 맹길을 결박하
여 가까이 데려와 꿇어앉혔다. 원수가 큰 소리로 물었다.

"네가 초나라 땅에 산다고 하니, 그 지명을 자세히 말하라."

맹길이 말하였다.

"원래는 소상강 근처에서 살았나이다."

"네가 수적이 되어 강으로 돌아다니며 장사하는 배들을 탈취하였느냐?"

이에 맹길이,

"흉년을 당하였을 적에 배고픔을 견디지 못하여 수적이 되어 사람을 살해하고 재물을 빼앗아 먹었나이다."

하였다. 원수가 또 물었다.

"그렇다면 아무 년에 엄자릉의 조대에서 홍 시랑 부인을 비단으로 동여매고 그 품에 안겨 있던 어린아이를 산 채로 강물에 넣은 일이 있느냐? 바른대로 말하여라."

맹길이 그 말을 듣고 땅에 엎어지며

"이제는 죽게 되었으니 어찌 장군을 속이리까. 과연 그러한 일이 있었나이다."

하니 원수는 노기가 얼굴에 번져 눈썹이 떨리고 볼이 붉어지더니 큰 소리로 말하였다.

"나는 그때에 네가 자리에 싸서 강물에 던진 계월이로다."

맹길이 이 말을 듣고 더욱 정신이 아득하여 어찌할 줄 몰라 하니, 원수가 벌떡 일어나 직접 맹길에게 가 맹길의 상투를 잡고 외쳤다.

"자, 이제 내가 누구인지 똑똑히 보거라. 내 너를 죽여 원수를 갚겠노라."

원수가 맹길의 머리를 팽개치자 무사들이 데리고 나가 베었다. 원수가 이를 보고 천자에게 아뢰었다.

"폐하의 넓으신 덕택으로 평생 마음속에 간직하였던 소원을 다 풀었사오니 이제 죽어도 한이 없나이다."

천자가 원수의 사연을 듣고 위로하였다.

"이는 다 경의 충성심과 효심에 하늘이 감동하심이라."

도적들을 처단하고 천자가 보국의 소식을 알지 못하여 걱정하니 원수가 아뢰기를,

"신이 보국을 데려오겠사옵니다."

하고 바로 떠나려 하는 즈음에 중군장이 올린 장계가 도착하였다. 천자가 즉시 열어 보니 이렇게 쓰여 있었다.

대명국 대사마 대장군 중군장인 보국은 황상께 백번 절하옵고 아뢰나이다. 원수 평국이 황상을 구하러 간 뒤 소신이 무거운 책임을 홀로 맡았으나 도적을 물리칠 방법이 없었는데,

하늘이 도우사 초나라와 오나라의 항복을 받았나이다.

천자가 읽기를 마치매 원수를 돌아보고 말하였다.

"이제 보국이 오나라와 초나라 두 왕을 사로잡았다 하니 나라에 큰 복이 아닐 수 없도다. 이런 기별을 듣고 짐이 어찌 앉아서 맞으리오."

천자가 뭇 신하들을 거느리고 직접 보국을 맞으러 나갈 때, 평국으로 선봉을 삼고 천자는 스스로 중군장이 되어 좌우에 장수들을 둘러 세우고 보국의 진을 향하였으니, 선봉장 평국이 갑옷을 갖추어 입고 백마를 타고 손에 깃발을 쥐고 맨 앞에 서서 나아가니라.

이때 보국이 초나라와 오나라의 두 왕을 잡아 앞세우고 승전고를 울리며 황성으로 향할새, 바라보니 한 장수가 눈에 들어오거늘 보국이 살펴보니 깃발과 칼 빛은 원수의 것이지만 말은 평소 원수가 타던 말이 아니라 백마였다. 보국이 의심하여 진을 치며 생각하되,

'이는 분명 적장 맹길이 숨겨 둔 복병이로다. 우리 원수의 모습을 흉내 내어 나를 속여 유인함이로다.'

보국이 의심이 깊어지며 어찌할 줄 모르거늘 이때에 천자가 이 거동을 보고 원수 평국을 불렀다.

"짐이 보국을 보니, 원수를 보고 적장으로 여겨 의심하는 것 같도다. 원수는 거짓으로 적장인 체하고 중군장을 속여 짐으로 하여금 구경케 하라."

원수가 웃으며 아뢰었다.

"폐하께서 말씀하심이 소신의 뜻과 같사옵니다. 이제 하교를 받들어 행하겠습니다."

원수가 갑옷 위에 검은 군복을 입고 백사장에 나서며 깃발을 높이 들고 말을 채찍질하여 보국의 진으로 향하였다. 이에 보국은 정말로 적장인 줄 알고 달려들거늘, 평국이 곽 도사에게 배운 술법을 부리니 갑자기 큰 바람이 일어나고 검은 구름과 안개가 자욱하여 지척을 분간할 수 없게 되었다. 보국이 놀라고 겁을 내어 어찌할 줄 몰라 하는 사이에 평국이 고함을 치며 달려들어 보국의 창검을 빼앗아 내던지고 보국의 멱살을 잡아 공중으로 치켜들었다. 그러고는 천자 있는 곳으로 달려가니, 보국이 몸을 뒤틀어 겨우 한 차례 숨을 크게 쉬고 외쳤다.

"평국은 어디 가서 보국이 죽는 줄 모르는고?"

보국이 울며 외치는 소리가 처량하게 퍼지자 진지에 있던 군사들이 모두 술렁거리고 천지가 떠들썩해졌다. 원수가 이 말을 듣고 보국을 땅에 내려놓고는 웃으며 말하기를,

"네가 어찌 평국에게 달려서 오며 평국을 부르느냐?"

하고는 손뼉을 치며 크게 웃으니 보국이 그제야 고개를 들어 보니 과연 평국이었다. 보국이 평국을 보니 슬픈 마음은 간데 없고 도리어 부끄러움을 걷잡을 수 없었다.

천자가 이 광경을 보고 크게 웃으며 보국의 손을 잡아 이끌었다.

"중군장은 오늘 원수에게 욕봄을 추호도 괘념치 말라. 이는 원수가 자의로 한 것이 아니라 짐이 경 등의 재주를 보려고 시킨 것이다. 지금은 원수가 전쟁터에서 그대를 부끄럽게 했지만, 난리가 끝나 황성에 돌아가면 예로써 그대를 섬길 것이니 부부의 도리를 상하지 말라."

이렇게 중군장을 위로하니 그제야 보국이 웃으며 땅에 엎드리며 아뢰었다.

"폐하의 하교가 지당하옵니다."

평국과 보국이 천자를 모시고 황성으로 환궁할 때, 오, 초

두 나라 왕의 등에 북을 지우고 무사로 하여금 북을 울리게 하였다. 군대가 너른 평야를 가로지를 적에는 북소리가 묵직하게 들판에 덮이었다.

마침내 황성에 다다라 천자가 원수의 집으로 거처를 정하여 자리를 마련한 뒤, 무사에게 명하여 오, 초 두 왕을 결박하여 계단 아래에 무릎을 꿇린 뒤 꾸짖었다.

"너희가 나라를 배반할 마음을 품고 황성을 침범하니 이제 하늘이 무심치 아니하여 너희를 잡아 왔도다. 너희를 다 죽여 일국(一國)에 빛내리라."

천자는 즉시 무사에게 성문 밖에 내어 참하라고 명하였다. 또한 황후와 태자가 화재를 당하여 죽은 줄로 알고 그들을 위해 제사를 치르게 하였다. 천자가 제문[59]을 지어 직접 읽으니 모든 신하가 일시에 통곡하였다. 원수가 겨우 옥체를 보호하여 간신히 진정케 하였다. 천자는 군사들을 쉬게 하고 여러 장수에게는 공에 맞게 차례로 상을 주었다. 조서를 내려 조정에 새로 품계를 둘 적에, 보국을 좌승상에, 평국을 대사마 대장군

---

59 **제문(祭文)** 죽은 사람에 대하여 애도의 뜻을 나타낸 글.

위왕(大司馬大將軍衛王)에 봉하고는 못내 기뻐하였다.

이에 평국이 여쭈기를,

"제가 무엄하게도 폐하의 넓으신 은혜를 입어 벼슬은 승상의 자리에 올랐고 또한 천하를 평정하였습니다. 나라가 다시 안정을 찾은 것은 모두 폐하의 복이옵거늘 어찌 첩의 공이라 하십니까? 하물며 저는 팔자가 사나워 친부모와 시어머니를 잃었으니, 이제는 여자의 도리를 차려 부모 영위를 지키고자 하옵니다."

하고 그동안 지휘하던 군대의 목록과 대원수의 도장, 명령을 내리던 깃발을 바치며 울었다. 천자가 슬픔을 이기지 못하여 이르기를,

"이는 모두 짐이 박복한 탓이니 오히려 경을 보기가 부끄럽도다. 그러나 위국공 부부와 공렬 부인이 난리를 당하여 어느 곳으로 피난하였는지 소식이 있을 것이니 경은 안심하라."

하시고 또 가로되,

"경이 규중에 머물기를 원하여 군대의 목록과 대원수의 도장을 다 바치니, 다시는 경을 보지 못하겠구려. 여자로 살겠다는 경의 형편을 내 충분히 알고 있지만, 임금과 신하의 의리를

잃지 말고 한 달에 한 번씩 조회에 참석하여 짐의 울적한 마음을 덜게 하라."

천자가 신하에게 명하여 군대의 목록과 대원수의 도장을 다시 내려 주었다. 평국이 머리를 땅에 대고 여러 번 사양하다가 마지못해 목록과 도장을 받았다. 평국이 보국과 함께 궁을 나서 집으로 돌아오니 그 위엄을 누가 두려워하지 않으리오.

평국이 집에 돌아오자 곧 여자의 옷으로 갈아입고 그 위에 또 조복을 입고 여공을 뵈었다. 평국이 방에 들어오는 것을 보고 여공이 기뻐서 일어나 자리에 앉으니, 원수가 마음에 못내 미안하였다. 평국이 여공에게 위국공 부부와 공렬 부인이 난리를 당하여 사라진 것을 아뢰었다.

평국은 부모와 시어머니가 분명 오랑캐의 손에 죽었으리라 생각하여 제사상을 차리고 조정의 신하들을 모두 청하였다. 그러고는 제문을 지어 승상 보국과 더불어 머리를 풀고 부모와 시어머니의 이름을 부르며 슬피 우니, 곁에 있던 사람들이 차마 보지 못하였다. 그 뒤부터는 평국이 예로써 여공을 섬기니 여공이 한편으로는 기쁘고 한편으로는 두려워하였다.

이때 위국공은 피난하여 부인과 사돈인 공렬 부인, 그리고 춘낭과 양윤을 데리고 동쪽을 향하여 가다가 한 물가에 이르렀다. 마침 그곳에서는 여러 시녀가 황후와 태자를 모시고 강가에 앉아 건너지 못하고 서로 붙들고 통곡하고 있었다. 위공이 급히 달려와 땅에 엎드리니 황후와 태자가 이에 못내 기뻐하며 눈물을 흘렸다.

문득 위공이 사방을 둘러보니 앞으로는 강이 흐르고 옆으로는 큰 태산이 있어서 하늘에 닿을 듯하였다. 많은 사람을 이끌고 강을 건널 수는 없어서 산으로 이어진 좁은 길에 들어섰다. 얼마 못 가서 수많은 봉우리와 골짜기가 눈앞에 펼쳐졌는데, 커다란 봉황과 공작이 사방으로 날아다니고 푸른 소나무와 대나무가 울울창창하여 지척을 살피기 어려웠다. 그래도 발걸음을 돋우며 앞으로 들어가니 솔숲 울창한 사이에 한 초당이 보이거늘 위공이 속으로 다행이라 생각하며 집 밖에 서서 주인을 청하였다.

한 도사가 집에 앉아 있다가 위공이 부르는 것을 보고 급히 내려와 위공의 소매를 잡고 물었다.

"무슨 일로 이 산중에 오셨습니까?"

위공이,

"나라의 운세가 불행하여 뜻밖에 난리를 만나게 되니 황후와 태자를 모시고 피난하다가 이곳에 왔나이다."

하니 도사가 놀라서 다시 물었다.

"어데 계십니까?"

"문밖에 계십니다."

"황후와 부인들은 안으로 모시고 위공과 태자는 초당에 계시다가 평온해지면 그때에 황성으로 가시는 게 어떻겠습니까?"

위공이 인사하고 집 밖으로 나와 사람들을 차례로 모시었다. 그렇게 피난은 하였으나 밤낮으로 황성 소식을 알 길이 없어 슬퍼하도다.

하루는 도사가 산 위에 올라 하늘의 기운을 살펴보고 내려와 위공을 보더니 말하였다.

"제가 오늘 하늘의 기운을 살펴보니, 이제는 평국과 보국이 도적을 소멸하고 황성에 돌아와 여공을 섬기며 상공과 부인의 위패(位牌)를 모시고 밤낮으로 통곡하며 지내고 있습니다. 황상께서도 황후와 태자의 안부를 알지 못하여 눈물로 지내고 계시니 상공은 이제 그만 돌아가소서."

위공이 놀라서 말하기를,

"제가 평국의 아비 되는 줄은 어찌 아십니까?"

"자연히 알 만하여 알고 있습니다."

도사가 위공에게 길을 재촉하며 편지 한 장을 평국에게 전해 달라고 부탁하였다. 위공이 편지를 소매에 넣으며 도사에게 사례하였다.

"그대의 덕택으로 죽을 목숨을 구하여 무사히 돌아가니 은혜 난망이거니와 이 땅의 지명은 무엇이라 하옵니까?"

"이 땅의 지명은 익주이옵고, 산의 이름은 천명산이라 하옵니다. 저는 정처 없이 다니는 사람이라 산수를 구경하러 다니다가 황후와 상공을 구하려고 이 산중에 왔습니다. 이제는 저도 이곳을 떠나 촉나라의 명산으로 들어가려 하오니, 이후로는 다시 뵈올 길이 없을 것입니다. 부디 조심하여 평안히 행차하옵소서."

도사가 길을 재촉하니 위공이 도사에게 인사하고 헤어졌다.

위공이 황후와 태자, 부인들을 모시고 절벽 사이로 난 좁은 길을 따라 산을 내려오니, 전에 보았던 강이 있었다. 강가의 백사장을 걷자니 옛일이 생각나 위공은 눈물을 흘렸다. 일행이 다시 며칠을 더 걸으며 너른 들판을 건너고 고개를 넘어

오경루라는 곳에 도착하였다. 그리고 이튿날 다시 길을 나서 파주 성문 밖에 다다르니 수문장이 묻기를,

"너의 행색이 괴이하니 어떤 사람이뇨? 바른대로 일러 너의 정체를 숨기지 말라!"

하고 문을 열지 아니하니 시녀와 위공이 크게 소리 질러 답하였다.

"우리는 변란에 황후와 태자를 모시고 피난하였다가 지금 황성으로 돌아가는 길이니, 너희는 의심치 말고 성문을 바삐 열라!"

군사가 이 말을 듣고 급히 관장에게 아뢰니, 관장이 뛰어나와 성문을 열고 땅에 엎드렸다.

"진실로 저희가 뉘신지 모르옵고 성문을 더디 열었으니 마땅히 벌을 받기를 원하나이다."

태자와 위공이 말하기를,

"그대들은 마땅한 도리로 일하였을 뿐이니 괘념하지 말라."

하고 성안으로 들어갈 때에 수문장은 황후와 태자가 왔음을 알리는 편지를 천자에게 올렸다.

이때 천자는 황후와 태자가 변란에 죽은 줄 알고 궐내에 위

패를 모시고 날마다 제사를 지내고 있었는데, 하루는 남쪽의 관문을 지키는 장수로부터 편지가 올라왔다. 천자가 열어 보니 이와 같이 적혀 있었다.

위국공 홍무가 황후와 태자를 모시고 남관에 머무르고 있습니다.

천자가 읽기를 마치매 매우 기쁘면서도 슬픔이 다시금 밀려왔다. 곧바로 계월에게 알리니, 계월이 이 말을 듣고 기쁜 나머지 바로 조복을 입고 궐로 들어왔다. 계월이 천자에게 축하의 말씀을 아뢰고 나오려 하는데, 천자가 말하였다.

"경은 하늘이 짐을 위하여 내린 사람이라. 이번에도 그대의 아비인 위공이 황후와 태자를 보호하여 목숨을 보전케 하였으니, 이 은혜를 무엇으로 갚으리오."

계월이 머리를 조아려 아뢰기를,

"이는 다 폐하의 넓으신 덕을 하늘이 살피신 것이니, 어찌 신의 아비에게 공이 있다 하겠습니까?"

하며 바로 승상 보국에게 황후를 맞으러 가게 하였다. 천자가 모든 신하를 거느리고 요지원에서 기다리고, 계월은 대원수의 위의(威儀)를 갖추고 낙성관까지 영접하러 나가니라.

이때 보국이 남관에 다다라 위공 부부와 모친을 보니 저절로 눈물이 났다. 위공 역시 승상의 손을 잡고 울며 말하였다.

"하마터면 너를 다시 보지 못할 뻔하였다."

이튿날 황후와 태자를 모시고 보국이 황성으로 출발할 때, 춘낭과 양윤, 다른 시녀들은 교자를 타고 길의 양쪽으로 늘어서고, 위공은 황금 안장을 올린 준마에 앉았다. 3,000 궁녀는 푸른 저고리에 붉은 치마를 입고 꽃을 새긴 촛대에 불을 밝혀 들고 황후와 태자가 탄 가마를 에워싸고 왔다. 좌우에서 풍악 소리를 울리고 승상은 맨 뒤에서 군사를 거느려 오니 그 찬란함을 어찌 다 헤아릴 수 있으리오.

떠난 지 3일 만에 낙성관에 다다르니 이때 계월이 낙성관에 와서 기다리고 있다가 황후의 행차가 오는 것을 보고 급히 나가 영접하며 평안히 행차하심을 여쭈었다. 그리고 물러 나와 부모 앞에 엎드려 통곡하자 위공과 두 부인이 계월의 손을 잡고는

"하마터면 다시 보지 못할 뻔하였도다."

하며 일희일비하더라. 밤새도록 지난 일을 이야기하고 이튿날 날이 밝자 길을 떠났다.

청운관에 다다르니 천자가 뭇 신하들을 거느리고 자리를 갖추어 기다리고 있었다. 황후 일행이 천자에게 다가와 땅에 엎드리니 천자가 눈물을 흘렸다. 천자가 반갑고도 감격에 겨워 피난하였던 사연을 물으니 황후와 태자가 그간 고생하였던 사연과 위공을 만났던 일을 자세히 아뢰었다. 천자가 듣고 위공에게 치사하였다.

"경이 아니었다면 황후와 태자를 어찌 다시 보리오."

위공 부부가 천자의 말에 사례하고 물러 나왔다. 천자는 이날로 바로 환궁하여 큰 잔치를 열어 원수와 보국과 위공을 불러 모든 신하와 더불어 며칠을 즐기었다.

하루는 천자가 호부 상서(戶部尙書)를 불러 하교하였다.

"궁궐을 전과 같이 건축하되, 좋은 날에 궐이 완성되도록 각별히 정성을 들여라."

어느 날 위공이 계월과 보국을 불러 도사가 준 편지를 건네니 계월이 받았다. 편지 봉투를 열어 보니 선생의 필적이었다.

한 장의 편지를 평국과 보국에게 부치나니 슬프다, 명현동에서 함께 공부하던 옛정이 백옥같이 굳고 소중하였는데 한 번 이별한 뒤로는 보지 못하였도다. 나는 깊은 산 적막한 곳에 있으면서 너희를 생각하면 눈물이 옷깃에 젖는구나. 이제 다시는 보지 못할 것이니 부디 위로는 천자를 섬겨 충성을 다하고 아래로는 부모를 섬겨 효성을 다하여라. 전쟁터를 누비며 적들을 물리치던 그 씩씩함과 용맹함은 이제 억제하여 예로써 낭군을 섬기어라. 어려서 부모를 잃고 마음에 쌓았던 한과 그리움일랑 그만 풀어 버리고 부디 건강히 지내기를 기원하노라.

평국과 보국은 편지를 읽으며 흐느끼고 스승의 은혜를 생각하며 하늘을 향하여 절하였다.

이때 천자는 위공과 여공을 궁궐로 불러들여 위공은 초 왕에, 여공은 오 왕에 봉하면서 많은 비단을 보내고 격려의 인사를 하였다.

"오나라와 초나라 두 나라가 임금을 잃고 정치가 없어진 지 오래되어 백성들의 삶이 고달프니 더 이상 두고 볼 수 없도다. 경들은 급히 가서 왕위에 올라 나라를 잘 다스리라."

오 왕과 초 왕이 천자의 은혜에 사례하고 물러나 오나라와 초나라로 길을 떠날 때, 계월과 보국이 각각 아비를 이별하여 슬퍼함은 이루 말할 수 없었다.

두 임금이 길을 나서 여러 날 만에 자기가 맡은 나라에 다다르니 문무백관이 모두 나와 예로써 맞이하였다. 두 왕이 즉위하여 나라의 이름을 고치고 정성을 다하여 백성을 보살피니, 온 백성이 임금을 칭송하였다.

이때 승상 보국의 나이 45세라. 3자 1녀를 두었으니 모두 아비와 어미를 닮아 충효를 갖추었다. 큰아들은 오나라의 태자로, 둘째 아들은 초나라 태자로 삼고, 셋째 아들은 높은 집안에 장가들게 하였다. 아들들은 모두 높은 지위에 올라 임금에게 충성하고 백성을 어질게 사랑하였다. 천자의 성덕이 세계에 진동하니 시절은 평화롭고 풍요로워서 백성들은 배불리 먹고 흥겨운 노래를 불렀다. 산에는 도적이 없고 길에 떨어진 물건조차 누구도 함부로 주워 가지 않았다. 계월의 자손이 대대로 높은 벼슬을 하며 만세에 이어졌으니 이렇게 아름답고 기이한 이야기가 세상에 어디 다시 있으리오. 여기 계월의 삶을 대강 기록하여 세상 사람들에게 보이노라.